A comme ASSOCIATION

# Ce qui dort dans la nuit

# CE QUI DORT DANS LA NUIT

ERIK L'HOMME

GALLIMARD JEUNESSE / RAGEOT ÉDITEUR

Le papier de cet ouvrage est composé de fibres naturelles, renouvelables, recyclables et fabriquées à partir de bois provenant de forêts plantées et cultivées expressément pour la fabrication de la pâte à papier.



Maquette : Didier Gatepaille

ISBN : 978-2-07-064207-6
Loi n° 49-956 du 16 juillet 1949
sur les publications destinées à la jeunesse
Dépôt légal : octobre 2011
N° d'édition : 184199
Achevé d'imprimer sur Roto-Page
par l'imprimerie Grafica Veneta S.p.A.
Imprimé en Italie

# Prologue

Tout est sombre. Désespérément obscur.

Je m'enfonce dans une galerie déserte. Je martèle de mes semelles métalliques le sol dur et froid.

Autour de moi patrouillent des volutes de fumée grise.

La roche creusée, éventrée, martelée, martyrisée, transpire un écœurant goudron, une substance poisseuse qui ressemble à du sang.

J'avance sans savoir où je vais, les poumons brûlés par l'air vicié.

Comme un somnambule surpris.

Un pied après l'autre.

Mains en avant pour ne pas me cogner.

La galerie débouche sur une caverne immense. Roche irrégulière et béton lisse, comme de la glace. Étrange le béton. Des tentures sanglantes dégoulinent le long des parois.

Je me rends compte que je vois tout, absolument tout, en nuances de noir et de rouge. Comme si un filtre avait chassé les autres couleurs de mes yeux.

Une multitude de flambeaux dans des torchères de métal se consument en projetant des lueurs aveuglantes. Une table de pierre, massive, entourée de fauteuils en fer, occupe le centre.

Obéissant à je ne sais quel instinct, je m'accroupis dans un recoin d'ombre.

Caché, j'observe la scène qui se déroule devant moi...

Walter, en grande toge noire, est à genoux, à côté d'un des fauteuils. Il lève des yeux suppliants vers un étrange petit homme vêtu d'une toge rouge qui le menace avec un bijou étincelant.

À quelques pas se tient mademoiselle Rose, figée. Stupéfaite. Elle porte une cuirasse d'acier. Son chignon, délié, laisse ses cheveux gris argent tomber en cascade. Elle tient une lance dans la main.

Une multitude d'hommes, armés d'arcs et d'épées, ont pris position dans la salle.

Des scintillements autour de Walter et de son bourreau trahissent la présence d'une protection magique...

- C'est fini, dit le petit homme d'une voix grave.

- Je t'en supplie ! gémit Walter. Tu n'as pas le droit !

- J'ai le devoir, répond-il gravement.

- Nonnnnnn ! hurle Walter en se tordant à ses pieds.

L'humiliation à laquelle j'assiste ne déclenche aucune émotion chez moi.

Pas de colère, pas de haine.

Ni sentiment de frustration ni impression d'injustice.

C'est pourtant le chef de l'Association qui demande grâce, qui gémit sans fierté au pied de son ennemi !

Rien. Je ne ressens rien...

Terrassé par le pouvoir du mystérieux talisman, Walter tombe sur le dos, s'arc-boute en poussant un ultime râle de souffrance, puis s'effondre, sans vie.

Toujours rien.

Ce n'est pas normal.

Pas possible.

Je vais me réveiller...

# 1

L'aurore agite tout juste ses doigts de rose lorsque je franchis la porte de l'immeuble décrépi qui abrite les bureaux icebergiens de l'Association (je rappelle pour les distraits qui auraient raté les précédentes visites que ses locaux s'enfoncent profondément sous la surface).

À cette heure, aucune chance de tomber sur la sympathique Mme Deglu, présidente de l'Amicale des joueuses de Bingo et sosie de Carmen Cru (les bédéphiles me comprendront, les autres n'auront qu'à imaginer un croisement entre une chouette déplumée et un sac de patates).

Ce qui m'arrange, puisque je suis suffisamment nerveux comme ça.

J'ai rendez-vous avec Walter pour l'engueulade du siècle…

Je rajuste ma mise sur le palier du deuxième étage, essaye de me calmer et frappe doucement à la porte, à côté du panonceau affichant en lettres fatiguées: *L'Association.* D'habitude, un simple toc-toc suffit à déclencher un clic donnant accès au bureau de mademoiselle Rose.

Aujourd'hui, rien.

J'insiste! En vain…

Je tambourine carrément, sans autre résultat que de faire tomber des lambeaux de peinture verte (immonde comme elle est, c'est toujours ça de pris). J'hésite à flanquer un coup de pied dedans, puis je me retiens en pensant aux sortilèges qui protègent l'ouverture.

C'est quand même bizarre.

D'habitude, on trouve toujours quelqu'un à l'Association: Walter, Rose, le Sphinx, des stagiaires venus se faire engueuler… Là, *nada.* Personne.

Les vacances? Ça m'étonnerait. Je vois mal mademoiselle Rose avec des skis aux pieds! Les extraterrestres? Peu probable. À en croire les films, leurs vaisseaux spatiaux ont pris un abonnement de parking dans le ciel américain.

Peut-être, tout simplement, qu'on n'a pas la même notion de l'aube. J'ai, pour ma part, effectué de savants calculs afin de ne pas être en retard; se faire pourrir par le patron, d'accord, le mettre en rogne, pas question !

Je choisis donc de patienter et m'assieds sur une marche.

Pour un jeune stagiaire qui va passer un mauvais quart d'heure, on est en droit de penser que j'en fais un peu trop. Mais c'est plus intéressé que ça. J'ai, moi aussi, des questions à poser…

Cherchant à tromper le temps, je sors de ma sacoche le journal qui abrite les épanchements de ma matière grise (dit comme ça, c'est assez répugnant, mais encore une fois, je me comprends !) et qu'on appelle, dans le jargon des sorciers, un *Livre des Ombres*. Je le feuillette, à la faible lueur d'une ampoule électrique autour de laquelle volette, misérable, une grosse mouche noire.

J'ai mis à jour mon *Livre* hier. Ça m'a occupé toute la journée, entre deux tasses de thé (un truc de ma mère pour s'assurer que je ne me suis pas encore envolé…). J'en étais resté à l'épisode de la fête chez les trolls, sur l'Île-aux-Oiseaux. J'avais un sacré retard à rattraper ! J'ai donc noté noir sur blanc (en vrac) :

– les informations échangées avec Ombe pendant la soirée de Noël,

– l'attaque au Taser mystique contre la moto,

– mon évasion de l'hôpital grâce au sortilège des roses,

– la création de Fafnir (mon sort fouineur),

– la lutte contre l'aigle noir,

– mes expériences de nécromancie à la morgue,

– les renseignements arrachés à Lucinda la Goule dans le cimetière,

– l'affrontement avec le timbré qui se prétendait membre de l'Association,

– sa destruction par le feu,

– la découverte de l'existence d'une organisation qui m'en veut personnellement… et qui en voulait à Ombe.

J'ai tout relaté dans le détail, jusqu'à une heure avancée de la nuit.

Au moment de refermer le *Livre* pour aller me coucher, j'ai pris conscience qu'il manquait une dimension à mes comptes rendus. Une touche plus intérieure, plus profonde.

Je sais qu'un *Livre des Ombres* est un rapport d'expériences et de savoirs, pas un journal intime ; mais, après réflexion, je me suis dit qu'assortir de pensées et d'émotions des descriptions souvent froides, ce n'était pas forcément inutile.

Les événements apparaissent sous un autre éclairage. Ils se transforment en étincelles et peuvent, avec un vent favorable, allumer le grand brasier de la compréhension !

Par exemple :

J'ai écrit aujourd'hui une lettre à Arglaë. Ce qui est doublement stupide puisque je ne sais pas où l'envoyer et je ne sais pas non plus (malgré l'assurance d'Erglug) si elle sait lire !

*J'avais besoin de parler à une amie. Ombe a déserté. Il ne reste plus que toi, ma trollesse...*

Ou encore :

*Maman a fait, pour le goûter, une tarte aux pommes qui rendrait un troll végétarien !...*

Enfin bref !

J'ai également découvert un autre intérêt à cet exercice : tromper ma solitude. Parce que, en dehors de la présence de plus en plus abstraite d'Arglaë ou bien trop concrète de ma mère, je suis assez seul en ce moment. Ombe est aux abonnées absentes. Quant à Jean-Lu et Romu, que j'ai appelés pour leur souhaiter une bonne année, ils étaient tous les deux occupés à autre chose qu'à me voir.

*Je n'avais pas parlé à Romu depuis ma fuite du Ring. J'ai commencé par bafouiller des excuses et puis j'ai embrayé sur le concert, les modifs à apporter, nos prochaines compositions. Romu était anormalement silencieux. Il ponctuait mes élans d'enthousiasme par des grognements lointains. J'ai compris que je ne tombais pas au bon moment, alors j'ai fini par raccrocher en lui souhaitant de bonnes vacances... Jean-Lu, au contraire, était égal à lui-même ! Il a tout de suite essayé de me soutirer des infos au sujet de la jolie fille pour laquelle je les avais abandonnés. Je suis resté évasif sur Ombe, un peu moins sur Arglaë (j'ai néanmoins caché à mon ami qu'elle était trolle), ce qui m'a valu force commentaires et exclamations, certaines m'ayant sûrement fait perdre quelques points d'audition dans l'oreille gauche. J'ai dû, pour m'en sortir, promettre que je leur présenterai ma roussiaire (rousse incendiaire en patois jean-luo-jaspéro-romualdien), à la première occasion (cette occasion devenant tellement hypothétique qu'il m'a semblé sans risque de la mettre en avant...).*

Mais je sais que je verrai bientôt mes deux potes, puisque la rentrée approche à grands pas. Alors qu'Ombe…

Elle ne s'est pas manifestée depuis cette fameuse nuit où j'ai tué son assassin et son absence me pèse terriblement. Est-ce que, vengée, elle s'est évaporée, retournant dans les limbes dont on sait si peu de chose ? Est-ce qu'elle m'en veut ?

*Et si, loin de toutes ces questions, la plus grande énigme restait celle de sa survivance ?...*

Effectivement.

J'ai beau y réfléchir, avoir consacré des heures et des heures à chercher des informations dans mes *Livres de Savoir* (ces *Livres des Ombres* écrits par des sorciers disparus, que je rachète dans les brocantes), je n'ai pas trouvé grand-chose. Des histoires de fantômes attachés à des lieux, ou d'esprits qu'on invoque, mais rien au sujet d'une présence intérieure, une conscience indépendante de celle de « l'hôte ». Les *Livres* font parfois mention de cas de possession, mais aucun des symptômes décrits ne correspond aux miens. Ombe ne me possède pas. Elle m'obsède peut-être, mais c'est tout !

En désespoir de cause, je suis retourné fouiller les fichiers malencontreusement volés par Fafnir dans l'ordinateur d'Ombe. J'ai lu les articles qui s'y trouvaient, douze au total, provenant de journaux canadiens. Ce qui est parfaitement logique puisque Ombe a passé son enfance au Québec.

Une photo illustre l'un des articles. Une photo d'Ombe, couchée dans le berceau où on l'a retrouvée, abandonné dans la neige. Arborant une gourmette au poignet. La gourmette que j'ai volée dans sa chambre et que je garde précieusement dans une poche de mon pantalon. J'ai imprimé cette photo et je l'ai punaisée au-dessus de mon bureau.

Un des articles était différent. Il relatait la disparition d'une jeune femme, Marie Rivière, volatilisée à Montréal dans un quartier résidentiel alors qu'elle se rendait sur son lieu de travail. J'ai essayé d'envoyer Fafnir – mon sortilège-espion qui squattait jusqu'à hier une clé USB – à l'assaut d'internet, pour grappiller davantage d'informations sur cette femme. Il est revenu comme à chaque fois, bredouille et la peur au ventre.

À la suite de quoi j'ai décidé de laisser tomber la piste des fichiers qui ne m'apprenaient rien de nouveau sur Ombe et de recycler ce pauvre Fafnir ! Un sortilège-espion qui ne peut plus rien espionner, c'est du gaspillage ! Je devais absolument lui trouver un autre support. Une autre niche. Une autre utilité…

Heureusement, j'ai eu une idée géniale pour la reconversion dudit Fafnir !

Mais chut, c'est une surprise.

En attendant, Ombe me manque cruellement.

*J'ai cru, en me couchant, entendre la voix d'Ombe. Je me suis redressé dans mon lit, fouetté par une décharge d'adrénaline. Mais ce n'était que ma mère qui me souhaitait une bonne nuit à travers la porte de la chambre. Je me suis recouché, le cœur battant, incapable de trouver le sommeil. Peu importe ce que tu es à présent, fantôme, esprit, fruit de mon imagination ! J'aimais tant, Ombe, tes intrusions dans ma tête, tes remarques et tes moqueries...*

Voilà, voilà.

Alors j'ai passé le reste du temps à lire.

*L'ouvrage du père exorciste Vito Cornélius, "In occulto", un incunable du XV^e siècle que mes parents (mon père avec son argent et ma mère avec son temps...) m'ont déniché pour Noël, est passionnant. "Dans le secret" : tout un programme ! Ce que j'aime, c'est qu'il y a beaucoup de dessins et d'illustrations. Comme le dit mon philosophe préféré, Gaston Saint-Langers : "Un petit dessein vaut mieux qu'un grand discours." À quoi aurait sûrement répondu, avec son sens de l'à-propos légendaire et sa célèbre limpidité, le poète troll Hiéronymus Verkling barb Loreleï : "Un grand vaut mieux que dix courts..."*

Lire pour occuper mes pensées et oublier les sales nuits que j'enchaîne, depuis mon retour de l'hôpital.

*Je fais d'horribles cauchemars qui me laissent fiévreux, transpirant, suffocant, incapable de me rendormir avant des heures. En plus, au réveil, je ne me rappelle aucun de ces méchants rêves ! J'espère simplement que je ne hurle pas. Je ne voudrais pas que ma mère m'entende et s'inquiète...*

Lire et… boire du thé ! Pauvre maman. À force de vaquer à nos occupations respectives, ça faisait une éternité qu'on n'avait pas passé autant de temps ensemble.

*Parfois, on ne dit rien, on reste là, à se regarder, à échanger des sourires. Des banalités. D'autres fois, elle me raconte des moments de sa vie et ça me fait tout drôle. J'ai l'impression de découvrir une étrangère. Je me surprends même à être jaloux. Jaloux des autres auxquels ma mère a accordé son temps au lieu de le consacrer exclusivement à son fils. Comme si tout ce qu'elle avait pu vivre ailleurs m'avait été dérobé...*

Je regarde la montre sans bracelet que je trimballe dans ma sacoche. L'aube est largement dépassée !

Je commence à m'inquiéter : toujours pas de mademoiselle Rose ni de Walter.

Est-ce une façon de me punir ? Non, pas le genre. Ils auraient trop peur que je fasse des bêtises, que je cesse d'être discret.

Ils sont sûrement débordés. Diriger l'Association, ce n'est pas rien !

Et… si c'était plus grave que ça ? Si l'Association avait un problème ?

Dans ce cas, mademoiselle Rose m'aurait contacté. Elle aurait fait appel à mes services.

Ou pas.

C'est vrai que ces derniers temps, je me suis montré relativement incontrôlable.

Une porte qui claque puis des pas dans l'escalier m'incitent à me lever précipitamment et à ranger mon *Livre des Ombres* dans ma sacoche. Pas trop tôt ! Je me penche au-dessus de la rampe.

Mais, au lieu de Walter ou de mademoiselle Rose, c'est Mme Deglu que j'aperçois, traînant son imposante silhouette vers le premier étage.

Je me recule prudemment. Et fais craquer une planche.

– Il y a quelqu'un ?

C'est malin, Jasper !

– C'est vous, Rose ?

Mme Deglu connaît mademoiselle Rose ? Pas étonnant, à la réflexion. Ça fait combien de temps qu'elles sont dans cet immeuble, toutes les deux ?

– Ohé ! Répondez !

La vieille bique va monter voir, c'est sûr.

Le pas reprend, en effet. Les marches grincent. La concierge officieuse de l'immeuble en ruine (ou le contraire, au choix) vient inspecter le palier du dessus.

Pestant intérieurement contre ma maladresse, je m'enfuis vers le troisième et dernier étage, en prenant soin cette fois de ne faire aucun bruit. Non que je sois réellement en danger, mais je n'ai aucune envie d'entamer un dialogue de sourds avec cette femme !

Heureusement, constatant qu'il n'y a personne au deuxième, la mère Deglu (foin des politesses, on est entre nous) grommelle et redescend jusqu'à sa tanière du premier, en soufflant comme une baleine.

Il faudra vraiment, un jour, que je vérifie si elle est Normale !

Je regarde le palier du troisième avec curiosité. C'est la première fois que j'y mets les pieds. Il ressemble aux deux autres, dans un état de quasi-abandon. Un panneau de plastique jauni indique, sur l'unique porte vermoulue : « Club philatéliste ». Je n'ai jamais vu personne y monter. Peut-être que le cercle n'existe plus. De toute manière, il y a assez de vieux timbrés dans cette ville !

Une sensation passagère m'effleure, tandis que je fixe la porte. Des effluves de magie, discrètes, presque imperceptibles. Mêlées à autre chose, plus trouble. Plus noir.

J'hésite à approfondir mon examen, mais je me raisonne ; il s'agit à coup sûr du reliquat des sorts qui sont élaborés, régulièrement, à l'étage en dessous !

Qu'est-ce que ça pourrait être d'autre ?

Je rebrousse chemin, toujours en silence. Je n'ai aucune envie de continuer à jouer les plantons sur le perron, surtout avec la mère Deglu à proximité. Je vais plutôt aller guetter l'arrivée de Walter et de mademoiselle Rose dans le café qui se trouve à l'angle de la rue.

Comme le dit Saint-Langers ou Hiéronymus, je ne sais plus : « C'est idiot d'atteindre l'effroi quand on peut attendre lait chaud ! »

# Trois ou quatre choses que je sais d'eux

**Saint-Langers, Gaston** – ***1770-1815, capitaine de hussards et moraliste.***

*Le début de sa vie est un mystère. On entend parler de lui pour la première fois en 1792, au moment où il tente de s'opposer aux massacres révolutionnaires (il manque être lynché et doit son salut à une fille, en se cachant sous sa jupe - je retiens le subterfuge...). Il s'engage dans l'armée la même année, après avoir dit : « La mort est une chose trop sérieuse pour être confiée à des civils. » Il participe à la capture de la flotte hollandaise au Helder en 1795 au sein du 8e régiment et à la prise de Stettin en 1806, avec le 7e, où il recevra ses galons pour faits d'armes exceptionnels (il a de la chance d'avoir eu des chefs reconnaissants, lui !).*

*Il doit sa notoriété à un ouvrage posthume,* Préceptes de hussard, *qui regroupe l'expérience de toute sa vie. Une vie courte mais bien remplie, essentiellement passée sur les champs de bataille et dans les chambres des dames (un peu comme moi pour l'instant, sauf pour les dames...).*

**Verkling barb Loreleï, Hiéronymus – *dates de naissance et de mort inconnues, poète et philosophe.***

*«Né un jour, mords toujours», a confié le géant (des) vers à ce sujet.*

*On sait très peu de chose sur l'unique penseur de la gente trolle. Son principal biographe, Erglug Guppelnagemanglang üb Transgereï, est avare de détails.*

*On dispose cependant de trois certitudes :*

***1.** son œuvre est purement orale;*

***2.** son œuvre est complètement symbolique, absconse et incompréhensible;*

***3.** son œuvre est majoritairement inconnue des trolls eux-mêmes.*

*Enfin, cette connaissance approximative fait qu'il est d'usage de citer Hiéronymus Verkling barb Loreleï en commençant par : «Comme aurait dit Hiéronymus...»*

**Les elfes,** *pour terminer sur le sujet et répondre à ceux qui s'étonneraient de ne jamais les voir cités, n'ont jamais eu ni capitaine ni philosophe, encore moins de moralistes et de poètes.*

*Pour la bonne raison que chaque elfe était à la fois guerrier et artiste !*

*Penser comme un elfe, c'est être philosophe.*

*Parler en quenya, c'est déjà faire de la poésie.*

*Ainsi, on ne dira pas : « Ça se couvre; il va pleuvoir » mais* « Lumbor hostëar ar lelyar vilyassë ve altë ciryar; raumo tuluva*: Les nuages sombres se rassemblent et voyagent à travers le ciel comme de grands bateaux; une tempête va arriver…* »

# 13, rue du Horla

**Troisième étage – Club philatéliste / Appartement de mademoiselle Rose**

– Mauvais jour, sorcière ! Tu as une tête affreuse.
– Silence, démon. Je peux très bien trouver un autre miroir pour décorer ma cuisine.
– Et te priver d'un confident qui ne se lasse jamais de t'écouter ? Tsss, tsss, sorcière ! Je sais que tu ne peux pas te passer de moi.
– Tu as raison, démon. Te voir tous les matins, éternellement prisonnier de mon miroir, me réjouit à un point que tu n'imagines pas !
– Rien n'est éternel. Ni une rose. Ni un sortilège.

– Disons que tu n'es pas prêt d'échapper au mien.

– Hélas... Je suis, c'est vrai, ce qu'on appelle un public captif ! Bon, dis-moi ce qui te tracasse.

– Ça ne te regarde pas.

– S'il te plaît ! Je m'ennuie à mourir ! Et puis... je peux peut-être t'aider ?

– Ça m'étonnerait. Il s'agit du Sphinx.

– Toujours pas de nouvelles ?

– Ni par canal classique ni par voie détournée. Il lui est vraiment arrivé quelque chose.

– On en sait davantage ?

– Le Sphinx est descendu du train en provenance de Londres, comme le prouvent des caméras de surveillance. Il a disparu sur le trajet qui le ramenait rue du Horla.

– Tu penses qu'il se cache ? Ou bien que quelqu'un l'a enlevé ?

– Je ne sais pas quoi penser.

– Tu sais toujours quoi penser, sorcière !

– Tais-toi, démon. Même si tu as raison, tu m'énerves.

– Je t'énerve parce que j'ai raison... Tu détestes jouer une partie avec un coup de retard. C'est pour ça que tu as si mauvaise mine, aujourd'hui ?

– Je n'ai pas mauvaise mine. Je ne dors pas assez, c'est tout. Walter se consacre entièrement à la recherche du Sphinx et me laisse la responsabilité de gérer seule un quotidien horriblement lourd en ce moment.

– Les Anormaux doivent sentir un flottement dans les rangs de l'Association. Ça les rend nerveux, pas vrai, sorcière ?

– Ce sont des enfants ! Relativement sages en présence d'un adulte, capables des pires bêtises quand ils sont livrés à eux-mêmes. Pour ne rien arranger, Walter est rentré de son enquête infructueuse particulièrement... soucieux.

– Soucieux ?

– Je cherche un mot plus approprié : sombre, voilà ! J'ai essayé d'en parler avec lui mais il a coupé court, comme si tout lui était indifférent. Pire : comme si la disparition du Sphinx n'avait pas d'importance !

– Tiens donc. Le grrrrand Walteeeer, coupable d'indélicatesse !

– Je connais Walter mieux que quiconque et je le crois profondément atteint. Pourquoi le cacher ? À quoi rime ce déni ?

– C'est tout ? Moi aussi, je te connais, sorcière, depuis le temps. Il en faut davantage pour t'inquiéter.

– À midi, Walter m'a fait passer un mémo comportant une liste de décisions aberrantes qu'il me demande de mettre en place. Si nous appliquons cette nouvelle politique, les pires des Anormaux transformeront la cohabitation dont nous sommes les garants en chaos innommable. Quant aux meilleurs d'entre eux, ils se révolteront et l'Association vivra un très, très mauvais moment...

– Tu es arrivée à une conclusion, j'imagine.

– Oui. C'est terrible à avouer, mais je pense que Walter a craqué. Et que, doublement affecté par la mort d'Ombe et la disparition du Sphinx, il n'est plus en possession de tous ses moyens…

– Bravo !

– Tu es exaspérant, démon.

– Je ne vais pas cacher ma joie quand l'Association va mal ! Je suis ton prisonnier, n'oublie pas.

– Je croyais que tu étais mon confident !

– Pas d'ironie, sorcière, je t'en prie. Par-dessus tout, je reste un démon. Indompté et sauvage… Ah ! Ton bipeur. Il sonne ! Je parie que c'est Walter.

– Je descends.

– À ce soir ?

– Peut-être. Je ne sais pas si je passerai par la cuisine. Tu me déprimes.

**Deuxième étage – Bureaux de l'Association**

– Rose ?

– Voilà, voilà !

– Eh bien, vous en avez mis du temps. Avez-vous pu préparer notre structure aux mesures que je vous ai confiées tout à l'heure ?

– Vous savez que les choses ne sont pas aussi simples, Walter. Nous devons en parler.

– En parler ? Mais pourquoi ?

– Parce qu'on discute toujours, tous les deux, des changements importants.

– Ah ? Très bien. En ce cas… Qu'avez-vous à me dire ?

– Que cette stratégie n'a aucun sens. Enfin, Walter ! Libéraliser le commerce de la métadrogue ? Abroger l'accord de répartition des territoires ? Transférer la gestion des conflits entre Anormaux aux autorités humaines ? C'est absurde ! Absurde et dangereux. Walter, vous écoutez ce que je dis ?

– Hein ? Oui, oui, je vous entends parfaitement.

– Alors ?

– Alors quoi ?

– Ces… mesures ? Je les mets à la poubelle ?

– Comment ? Surtout pas, Rose ! Il est très important qu'elles soient appliquées. Et je compte sur vous pour le faire.

– Walter… Ça va ? Vous me semblez nerveux.

– Non, non. C'est juste que… qu'il faut se conformer à cette nouvelle stratégie. J'y ai longuement réfléchi. C'est une stratégie subtile, qui vous trouble, je le vois bien, mais qui tôt ou tard portera ses fruits.

– Qu'est-ce qu'il y a, Walter ? Vous regardez votre montre sans arrêt. Et vous ne quittez pas la fenêtre des yeux. Je ne vous ai jamais vu dans cet état !

– Je… Oui, euh, non. En effet, Rose. Mais ce serait… long à expliquer.

– Je suis d'une patience à toute épreuve, vous le savez.

– Comment dire… C'est idiot, vous allez me prendre pour un fou!

– C'est déjà fait. Depuis ce matin en tout cas! Allez-y, je ne suis pas facile à étonner.

– Voilà, Rose: je cours un danger. Un très grand danger!

– Un… danger?

– J'en étais sûr, vous pensez que j'ai perdu la tête.

– Pas du tout, Walter. Au contraire, je vous écoute très sérieusement, parce que vous ne m'avez pas habituée à ce genre de comportement.

– Je comptais m'en occuper moi-même, seulement… je comprends à présent que je n'y parviendrai pas seul.

– Walter… Vous tremblez ! Qu'est-ce qui vous terrifie comme ça ?

– Tout est là, Rose, dans ce dossier. Tenez. L'individu dont il est question est en ville. Il doit être neutralisé. Par n'importe quel moyen! Il en va de ma survie! De notre survie…

– Vous commencez à me faire peur, Walter. Je peux ouvrir ce dossier ?

– Oui. Mais vous allez être déçue.

– Une photo?! Rien d'autre? Pas d'état civil, de biographie, d'analyse?

– C'est tout ce dont je dispose.

– Et… c'est cet homme qui vous effraie à ce point ?

– Il ne faut pas se fier aux apparences, Rose, croyez-moi.

– Qu'est-ce qu'il vous veut ?

– Je ne peux rien dire de plus pour l'instant. Je suis désolé… Vous allez m'aider ?

– J'avoue que j'aimerais en savoir davantage ! Malgré tout, ce dossier est devenu ma priorité.

– Merci Rose. Merci infiniment. Et pour lcs nouvelles mesures ?

– Une priorité à la fois, Walter, vous ne croyez pas ?

– Si, si, bien sûr. Vous avez raison.

– J'ai toujours raison. Méditez là-dessus pendant que j'organise les recherches. Si votre homme s'habille dans la vie de tous les jours comme sur la photo, on le retrouvera très vite…

# 2

Sombre. Sombre est le jour. Dans le ciel couleur de sang, les nuages vont beaucoup trop vite.

Je porte un pantalon de cuir et une chemise de soie rouge. Les boutons sont des pierres de cornaline. La boucle de mon ceinturon est en fer poli. Mes pieds sont chaussés de bottes.

Des bottes avec des semelles de métal.

Où je suis ? Autour de moi s'étend, à perte de vue, une plaine aride et caillouteuse.

Les mots d'un poème inconnu me viennent sur les lèvres : « Je suis le chevaucheur, le voleur de nuages, je danse sur la lande comme le faucon en voyage... »

Une brise chaude et légère se lève, charriant des odeurs de rouille.

C'est alors que je les entends.

Les loups.

Ils hurlent.

Je ne les vois pas mais ils sont là. Ils m'ont pris en chasse.

Je me mets à courir, de plus en plus vite. Mon souffle devient léger. Loin de m'épuiser, la course m'électrise.

J'éclate de rire. Mes foulées s'allongent, j'accélère encore.

Je laisse derrière moi des empreintes profondes. Chocs sourds du métal contre la roche. Des étincelles naissent sous mes pas. Les pierres chahutées grésillent.

Soudain ils sont là.

Ils galopent derrière et à côté de moi, la langue pendante. D'énormes loups gris au pelage mité. Une dizaine. Ils tentent de me prendre en étau. De me couper la route.

Je bondis de plus belle. Je gonfle ma poitrine.

Je ne me suis jamais senti aussi bien. De toute ma vie. Débordant de force et d'énergie.

« Je suis le coureur infatigable, celui qui martèle de ses pas les chemins innombrables... »

Les hurlements excités se transforment en jappements de dépit. Je suis en train de leur échapper. Je leur échappe par ma seule course. Ni par des mots ni par la magie.

C'est la première fois...

Les loups hurlent de nouveau. Des hurlements d'espoir.

Devant moi, une cassure dans la plaine. Une faille, vertigineuse.

Je devrais ralentir, m'arrêter, faire face et défendre chèrement ma peau. Mais je me sens plein d'audace.

Invincible.

Indestructible.

Alors, au contraire, j'accélère.

Je prends appui sur le bord du gouffre et je saute haut, haut en direction du ciel, et je saute loin, comme si je voulais m'accrocher à la traîne d'un nuage.

« J'accompagne l'envol du noir corbeau de l'haruspice, le tourbillon des cendres dessus le précipice... »

Interminable suspension dans les airs.

Choc brutal au contact du sol.

Je roule dans la poussière, au milieu des cailloux. Je me redresse, je me relève. Là-bas, de l'autre côté, les loups sont assis, formant une rangée de gueules haletantes. Ils me regardent sans y croire.

Moi non plus je n'y crois pas. Une course pareille. Un saut pareil. Comment j'en serais capable ?

Ce n'est pas normal.

Je vais me rév...

# 3

Trois heures que je poirote (ou poireaute, si l'on considère que mon avachissement devant une table couverte de tasses vides relève davantage de la plante potagère que de la planque policière), à l'intérieur de l'unique café de la rue du Horla. Un café qui pourra bientôt afficher sur une plaque : « Ici est venu, a observu et a mouru Jasper, Agent – stagiaire – d'une Association qui l'avait oublié. Visite de son squelette intact sur la chaise où il a pris racine et des toilettes qu'il a enfumées – au sens propre du terme – lors d'une mission précédente. Réduction de dix centimes à partir du treizième café, sur présentation de la carte de A comme Attente interminable… »

Heureusement, en plus des incontournables ustensiles qui me désignent comme un magicien aguerri (en vrac : un réchaud, un chaudron, un athamé, un sachet de runes gravées sur des écorces de frêne, des plaquettes de bois, du gros sel, quelques pierres précieuses entières et d'autres réduites en poudre, des pièces de métal et moult plantes sous diverses formes), heureusement, disais-je, j'ai pris soin d'emporter de quoi lire dans ma besace.

En l'occurrence deux *Livres de Savoir*, en plus de mon *Livre des Ombres* que je ne vais quand même pas relire tous les jours...

Le premier, œuvre de Jason l'Étincelant (les surnoms ridicules sont, hélas, aux sorciers ce que les puces sont aux chiens ou les cerises confites aux cakes), est presque entièrement consacré aux duels de magiciens. Jason était plus passionné par l'histoire que par la magie, et il ne rapporte rien des formules utilisées par les protagonistes. C'est dommage, parce que je me dis qu'un jour ou l'autre ma route finira fatalement par recroiser celle de Siyah le Borgne (ou l'Éborgné, vu que, pour lui faire comprendre qu'il avait commis une erreur en s'en prenant à moi, je lui ai mis le doigt dans l'œil).

Le second *Livre de Savoir*, commis par Lisbeth Doigts de Fée, m'avait laissé espérer... euh, non, rien. Bref ! Lisbeth s'était spécialisée dans les sortilèges délicats. Réparation d'un accroc, disparition d'une fêlure sur une tasse, protection contre les piqûres de moustique. J'avais peur de m'ennuyer, mais en réalité c'est passionnant ! Enfin, ça l'était les deux premières heures.

– Je vous sers autre chose ? braille la serveuse, qui a dû être top model chez les mérous dans une autre vie.

– Oui, encore un café, s'il vous plaît, je soupire, en me disant que, quoi qu'il arrive (et même s'il n'arrive rien), ce sera le dernier.

Elle pose ma commande sur la table, à côté des tasses vides (qu'elle semble décidée à me laisser en trophées) et de mon téléphone bien en évidence (comme si ça allait inciter Walter à m'appeler !).

Je tends la main vers le treizième café, quand mon attention est attirée à l'extérieur par un mouvement inhabituel. Trois hommes (inconnus) pénètrent dans l'immeuble de l'Association. Ils portent un chapeau mou et leur regard est caché par des lunettes noires.

Mon cœur fait un bond dans ma poitrine. Soit il s'agit de joueurs de Bingo dissimulant leur identité pour pouvoir continuer à mener une vie sociale normale, soit j'ai sous les yeux des Agents de l'Association. J'opte avec enthousiasme pour la seconde option.

Waouh ! c'est la première fois que je vois de vrais Agents, enfin, des Agents non stagiaires ! Finalement, je n'étais pas à côté de la planque, euh, de la plaque...

J'hésite sur la conduite à tenir. Foncer dans l'immeuble à mon tour ? Risqué. Je pourrais être mis hors circuit par mademoiselle Rose (elle s'y trouve peut-être, même si je ne l'ai pas vue entrer; avec elle il faut s'attendre à tout...). Je décide donc de patienter et vois mon inertie récompensée: à peine dix minutes plus tard, les trois hommes ressortent et se dirigent vers la bouche de métro, les mains enfoncées dans les poches de leur manteau.

Cette fois, fini de tergiverser. Je me lève précipitamment, ajuste ma sacoche sur l'épaule, jette un billet sur la table et quitte l'établissement en lançant un « Au revoir » qui sonne faux.

Je suis aussi excité qu'un musicien avant son premier concert. La présence sur le terrain de véritables Agents indique de façon claire qu'il se passe quelque chose d'inhabituel. Quelque chose dont je suis – et c'est plutôt vexant – exclu... Et puisque Walter et mademoiselle Rose jouent les cachottiers, tant pis: je me ferai une idée personnelle de la situation!

Car il ne faut pas oublier:

**1.** que je suis un garçon particulièrement curieux;

**2.** que je déteste être mis à l'écart;

**3.** que je dois absolument faire progresser une enquête qui piétine...

J'ai vengé Ombe en tuant son meurtrier, mais le commanditaire court toujours et l'inquiétante organisation qui tire les ficelles dans l'ombre est toujours active.

Peut-être déjà à ma recherche.

Puisque j'en parle, je trouve la désinvolture de l'Association à mon égard choquante.

Pas de nouvelles, rien ! Un coup de téléphone – au moins un – à un stagiaire qui a survécu à plusieurs tentatives d'assassinat, ce serait trop demander ? D'accord, je m'en sors à chaque fois, mais est-ce une raison pour considérer qu'il ne peut rien m'arriver ?

J'aimerais partager l'optimisme de mes chefs...

Les trois Agents s'engouffrent dans le métro et je les suis, à distance raisonnable. Je n'ai pas envie de me faire repérer, ni d'être mis sur la touche dès le début de la partie. Ces types sont surentraînés ! Des bêtes d'action ! Des cadors, des champions ! À côté d'eux, lions superbes, je ne suis qu'un misérable vermisseau.

La rame s'immobilise le long du quai.

Au moment où je me glisse dans le wagon où ont pris place les Agents, dissimulé derrière un journal gratuit abandonné sur un banc, je comprends que j'ai commis une erreur.

Une erreur de débutant.

Le café... Les cafés, pour être exact. Bus quatre heures durant et qui toquent à la porte de ma vessie. Pour être encore plus trivial, je me trouve atrocement tiraillé par une violente envie d'uriner. S'il existe un sortilège pour résoudre ce genre de problème, je l'achète immédiatement, même à prix d'or !

Par chance, les Agents descendent à la station suivante. Plié en deux, je leur emboîte le pas et, tandis qu'ils empruntent le couloir des correspondances, je m'approche du mur le plus proche en prenant l'air dégagé.

– Ehhhh ! C'est répugnant !

– Désolé, madame, je marmonne, tandis que la matrone s'éloigne en secouant furieusement la tête et que le rouge me monte aux joues.

J'ai l'impression qu'un temps infini s'écoule (choix judicieux du verbe...) avant d'être en mesure de reprendre la filature. Puis je cours comme un malade dans les couloirs, la besace militaire qui me tient lieu de sacoche battant contre mes reins.

Lorsque je rattrape les Agents, le train est sur le point de partir. La sonnerie annonce une fermeture imminente des portières. Je bondis dans une voiture, au hasard. Ouf, il s'en est fallu de peu. Quel idiot !

Je pioche une bouteille d'eau dans ma sacoche et bois longuement au goulot. Raisonnablement, je devrais m'abstenir d'absorber quelque liquide que ce soit pendant les prochaines vingt-quatre heures, mais boire (désolé Jack), je ne peux pas m'en empêcher.

Parce que si je ne suis pas essoufflé (tiens, c'est nouveau, ça), ma gorge, par contre, me brûle toujours autant (là, rien de changé, et ça fait seize ans que ça dure !).

Pas essoufflé. Je répète ces mots dans ma tête.

Incroyable, j'ai tenu un sprint sans m'effondrer à l'arrivée !

Je touche du bout des doigts le collier de protection que je porte et qui est sûrement (quoi d'autre ?) à l'origine de mon inattendue vitalité.

Je déboutonne mon nouveau manteau fétiche, dérobé un soir d'évasion dans le vestiaire d'un hôpital. J'ai chaud. Moi qui ai toujours froid, d'habitude !

Tiens, c'est une chose que je ferai de retour chez moi : vérifier les effets secondaires des bijoux protecteurs.

Le poids d'un regard m'arrache à mes pensées.

À quelques mètres, sur une banquette, un curieux petit homme est assis. Pas plus d'un mètre cinquante, sec comme un coup de trique, le crâne rasé, un visage buriné où luisent d'insolites yeux bleu pâle. Impossible de lui donner un âge. Il porte les mêmes vêtements, écrus, que les gens des steppes mongoles (je consacre, je le rappelle, de nombreuses heures de ma vie à regarder des films), ainsi qu'une couverture autour de la taille, pliée et tire-bouchonnée, comme unique bagage.

Le petit homme m'observe et son regard me brûle.

Je me cache derrière un passager, mal à l'aise. Bon sang, mais qui c'est, ce type ? Et pourquoi est-ce qu'il me fixe comme ça ? Au prochain arrêt, je descends et change de wagon. Tant pis pour les Agents !

Je suis à deux doigts de paniquer.

Heureusement, le petit homme se désintéresse de moi et tourne son attention sur une photo qu'il tient entre les mains.

Me laissant profondément troublé.

J'hésite sur la conduite à tenir. Descendre, pas descendre ? Tout en pesant le pour et le contre, je ne peux m'empêcher de jeter un œil sur la photo. J'ai prévenu, je suis curieux !

Ma mâchoire se décroche.

La photo ! C'est Walter… Un portrait de Walter.

– Quelles sont les probabilités pour que des Agents de l'Association se retrouvent PAR HASARD dans le même métro qu'un homme qui se promène avec une photo de leur chef dans sa poche ? je murmure pour moi (ou pour Ombe, en ce moment ça revient au même).

La réponse est : aucune. Je sais à présent quelle est leur mission. Ces Agents sont là pour lui, pour cet homme tout droit sorti d'un tournage sur les yourtes mongoles (et non pas bulgares…). Ma crise de panique trouve une explication logique : cet homme est dangereux.

Ainsi mon instinct ne m'avait pas trompé. Je me retrouve en plein cœur de l'action ! C'est ce qui, pour un jeune stagiaire normalement constitué – c'est-à-dire avide d'expériences nouvelles –, s'approche le plus du nirvana.

Pendant que mon cerveau entre en ébullition, le petit chauve (qui ne sourit pas du tout) sort un pendule de sa manche et fait quelques passes discrètes au-dessus du visage de Walter, en murmurant des paroles inaudibles.

Comme d'habitude dans le métro, quand quelqu'un a l'air bizarre, les autres passagers font semblant de ne rien voir.

Ah bravo, de mieux en mieux ! Un sorcier... Un sorcier en train de jeter un sort.

Non. Regarde mieux, Jasper, concentre-toi (je me parle beaucoup, à voix basse ou haute ; encore une constante jaspérienne, flippante ou rassurante selon la partie qu'on choisit de la fameuse bouteille à moitié vide ou à moitié pleine). Pour une malédiction, on utilise des aiguilles. Avec un pendule, on s'oriente et on trouve des sources. L'homme des steppes ne lance aucun sort à Walter : il essaye de le localiser...

– Tu en penses quoi, Ombe ? Ça sent le plan pourri, hein ?

Pas de réponse. Ça ne coûte rien d'essayer ! Bon, j'ai de nouveau un sorcier sur le dos. Et à juger de ses sentiments par le regard qu'il m'a lancé, je mise à cent contre un qu'on ne sera pas copains !

À propos de copains... Est-ce qu'il pourrait s'agir d'un acolyte du magicien noir ? Ce ne serait vraiment pas de pot. Un sorcier sur la liste de mes ennemis intimes, c'est suffisant !

Il n'y a qu'une façon de le savoir : prendre mon courage à deux mains et filer.

Je veux dire, le filer.

Le sorcier mongol finit par ranger pendule et photo en secouant la tête. Une ride de contrariété (d'inquiétude ?)

plisse son front buriné. Bien ! On dirait qu'il n'a pas obtenu ce qu'il voulait. Un Agent se serait approché pour lui demander des explications. Mais le souvenir de son regard me fait frissonner.

Il était d'une incroyable dureté.

Le genre de regard capable d'arrêter un yack en pleine course.

D'ailleurs, les trois Agents non plus ne semblent pas pressés de l'affronter.

Je m'en tiens donc à mon plan et me contente de suivre (à bonne distance, il ne s'agirait pas de gêner !) les Agents qui emboîtent le pas au sorcier (c'est marrant, ça ! Ça fait un peu genre « À la queue leu leu » !) quand il quitte la rame et s'engage dans les couloirs du métro…

# Lettre à moi-même

*Chère Arglaë,*

*Je ne sais pas si c'est la coutume, chez les trolls, d'écrire à ceux qu'on aime. En tout cas, c'en est une chez les humains.*

*Je pense à toi tout le temps et, étrangement, tu t'éloignes. Ton image devient floue. Les détails de ton visage, ton apparence, disparaissent peu à peu de ma mémoire. Je conserve seulement, de façon précise, le souvenir de ton odeur. « Loin du corps reste le cœur », a dit Gaston Saint-Langers, le Hiéronymus de chez nous. Sans doute a-t-il raison (je confesse un certain manque d'expérience dans le domaine)…*

*Je voulais te dire que tu me manques.*

*J'aimerais être près de toi en ce moment. Hélas, ce n'est pas possible. Parce que je ne sais pas où tu es. Et parce que j'ai une mission à remplir…*

*Je t'ai parlé d'Ombe, ma collègue de travail? Non, évidemment. C'est elle qui m'a empêché de… enfin, de… Bref, pour être exact, je me suis abrité derrière les sentiments que j'éprouvais pour elle. Trop lâche pour t'avouer que j'avais peur de ce qu'on allait, euh, peut-être faire…*

*Eh bien, Ombe est morte. On lui a tiré dessus.*

*J'ai retrouvé son meurtrier et je l'ai tué à mon tour. Ça ne m'a apporté aucune joie. Juste du soulagement (j'étais le prochain sur sa liste!). Comment est-ce que vous auriez réglé ça, vous, les trolls? De la même façon, j'imagine. En plus brutal. Et en vous posant moins de questions.*

*J'ai brûlé Séverin, un maître vampire trafiquant de drogue; j'ai crevé l'œil de Siyah, le magicien noir qui avait soumis ton frère; j'ai détruit Ernest Dryden, le meurtrier d'Ombe. Tous les trois en voulaient à ma vie, je n'ai pas eu le choix. Mais est-ce normal, quand on a seize ans, de se faire autant d'ennemis? De les affronter de façon si… sauvage?*

*C'est peut-être à cause d'eux, à cause de ça que je fais des cauchemars horribles qui s'effacent quand j'ouvre les yeux; des yeux embués par l'effroi. Des cauchemars qui s'évaporent comme la brume dans les premières lueurs du jour…*

*Je t'ai parlé d'une mission. D'une tâche à accomplir.*

*En fait, ce Dryden, cet assassin, n'a pas agi de lui-même. Un autre que lui tire les ficelles, porte la responsabilité du désastre.*

*Je veux le retrouver et mettre fin à tout ça.*

*Comprendre.*

*Et pouvoir dormir.*

*À ce moment-là, si tu ne vagabondes pas à l'autre bout du monde des trolls, c'est contre toi que j'aimerais le faire.*

*Je t'embrasse, ma trollesse.*

*Je ne sais pas si c'est la coutume, chez les trolls, de terminer une lettre de cette façon. En tout cas, c'en est une chez les humains…*

*Jasper, troll imberbe, membre du clan de l'Île-aux-Oiseaux*

# 13, rue du Horla

**Troisième étage – Club philatéliste / Appartement de mademoiselle Rose**

– Tiens ! Qu'est-ce que tu fais là, sorcière ? Tu ne devais plus mettre les pieds dans ta cuisine avant longtemps !

– Il faut croire que tu me manques, démon. Ou bien que la cafetière du bureau est brusquement tombée en panne. Je te laisse choisir.

– Pour mon ego, je vais faire semblant de croire que la cafetière du bureau est en parfait état. À voir les rides de contrariété qui barrent ton front, j'imagine que tout n'est pas… rose en bas !

– Ton calembour est encore plus nul que d'habitude. Mais tu as raison. Je suis entrée en contact avec le Bureau international, à Londres…

– Les instances dirigeantes de l'Association ?

– Oui. Ça me fait mal au cœur d'avoir dû en arriver là. Chaque délégation veille farouchement à son indépendance et Walter (je ne parle même pas du Sphinx !) m'étriperait s'il avait vent de mon initiative. Seulement, l'intérêt général doit passer avant les sentiments personnels.

– Noblement dit.

– Or, que réclame l'intérêt général ?

– Oui, sorcière, que réclame-t-il ?

– De l'aide ! Une aide urgente. Je suis seule pour coordonner les actions, diriger les Agents, calmer ce petit monde qui, dehors, s'agite, bref, pour gérer une situation de crise…

– Tu oublies Walter.

– Walter n'est plus capable de rien. Il faut savoir reconnaître ses limites…

– Et alors ? Tu as obtenu ce que tu voulais ?

– Je suis tombée sur une secrétaire inconnue de moi, si niaise que je me suis demandé, un court instant, qui avait le plus besoin d'aide ! Elle m'a répondu que personne ne pouvait prendre mon appel. Fulgence lui-même était injoignable. Ses propres Agents ne savaient pas où il se trouvait ! La MAD…

– Que Khalk'ru les foudroie !

– Ferme-la, démon. Tes malédictions me hérissent le poil.

– Qu'est-ce que la milice antidémons vient faire dans l'histoire ?

– La MAD sert aussi à assurer la protection du Big Chief. Bref, elle était sur les dents. C'est la confidence que m'a faite cette femme alors que je tentais de la rassurer…

– C'est la débâcle !

– Là, démon, tu y vas fort ! Mais tu n'as pas tort. Tout allait bien jusqu'à l'automne. Et puis il y a eu cette histoire de drogue, l'agitation des vampires, la révolte des gobelins, l'affaire de la Créature du lac…

– La fameuse théorie de convergence des catastrophes ?

– Ravale ton ironie ou je brise ce miroir !

– D'accord, sorcière, je ravale. Qu'est-ce que tu comptes faire – pas pour le miroir, pour l'Association ?

– Fermer les écoutilles. M'attaquer aux problèmes, un par un, et les régler du mieux possible. En attendant un sursaut de Walter, un retour du Sphinx ou une réapparition de Fulgence.

– Ou bien le déluge… Non ! Je ravale, sorcière, je ravale !

# 4

– Arrêtez-vous, s'il vous plaît !

La voix d'un Agent résonne dans le couloir, forte et claire. Ils ont attendu pour intervenir que les lieux se vident. Très professionnel ! Ça me rappelle ma tentative pour appréhender Fabio lors de ma première mission. Je lui ai enjoint de s'arrêter, je l'ai vouvoyé ; j'ai même dit s'il vous plaît ! Mais il s'est enfui malgré tout. Est-ce parce que j'étais seul ? que le vampire était en joint (sous l'emprise de la drogue…) ? que mes cordes vocales manquaient d'assurance ? que je n'avais pas de chapeau mou ? J'aurais dû le demander à Fabio avant de lui promettre, lors de notre dernière rencontre, de ne plus jamais le revoir…

– On fait tous des erreurs, Ombe, je murmure en soupirant.

Je m'approche, rasant les murs.

Les trois hommes ont encerclé le sorcier qui ne paraît pas le moins du monde impressionné. Grave erreur ! Monsieur Regard-qui-tue ne sait pas à qui il a affaire.

Je serais curieux de connaître l'étendue des pouvoirs qui vont se déchaîner dans quelques instants. Est-ce que ces hommes savent eux-mêmes de quoi chacun est capable ? Ce n'est pas sûr. Car l'article 6 est clair : « L'Agent ne révèle jamais ses talents particuliers. »

Mais assez spéculé : place au spectacle !

Roulement de tambour.

Petite précision : quand je dis roulement de tambour, ce n'est pas une image. Le sorcier a vraiment sorti de sa poche un petit tambour en métal, tout rouge.

Aïe.

Je ne sais pas pourquoi mais ça ne commence pas bien.

Quand on est menacé par trois malabars et qu'on joue du tambour pour se défendre, soit on est bon à interner, soit on mijote un sale tour.

Le rythme se fait plus lent, régulier. Les Agents se regardent avec inquiétude.

– Hé les gars ! je grommelle entre les dents. Action ! Je ne sais pas ce que prépare le tambourinaire, mais ne le laissez pas faire !

Le sorcier esquisse un pas de danse, en même temps

qu'il entonne une psalmodie sourde, un chant sur trois thèmes mineurs, qui se répètent et s'entremêlent.

Voilà qu'il chante maintenant ! Il est où, le chapeau, pour récolter les pièces des passants ?

Qui se répètent et s'entremêlent.

Ça devient du grand n'importe quoi. Je suis en train de revenir sur ma première impression : ce type n'est pas dangereux, c'est le roi des clowns !

Qui se répètent et s'entremêlent.

Un simple joueur de…

Qui se répètent et s'entremêlent.

Qui se répètent et…

*« Jasper ! Hey ! Jasper ! »*

– Hein ? Oui, je…

*« Réveille-toi ! »*

– Ombe ? je balbutie en émergeant de la torpeur dans laquelle la mélopée est en train de me plonger.

Pas de réponse.

*« Ombe ? »*

Non plus.

Je fouille les alentours du regard, comme si elle pouvait être là, bien vivante, en chair et en os, en cheveux blonds et en yeux bleus.

Personne, évidemment.

Il y a seulement les Agents.

Des Agents étendus par terre dans le couloir.

– Bon sang ! je jure en me précipitant vers eux.

Je cherche les battements de cœur en tâtant leur poignet. Ouf, ils sont vivants ! Simplement inconscients, comme je l'aurais été si Ombe n'était pas intervenue.

Car je l'ai entendue.

Elle était là, dans ma tête, aussi présente qu'il y a quelques jours, lorsque je traquais son assassin !

Ombe est revenue. À la façon d'un murmure, d'un courant d'air léger, mais revenue quand même.

Trop brièvement : j'ai mille questions à lui poser.

Tant pis, la prochaine fois. Oui, la prochaine fois.

Dans l'immédiat, je dois retrouver le sorcier qui a filé à l'issue de son concert. Ce qui s'annonce délicat. Car maintenant qu'il se sait découvert, le petit homme sera sur ses gardes.

Il a repris l'initiative. On a laissé passer notre chance. Walter court un vrai danger et tous ceux qui se risqueront aux trousses du sorcier le feront au péril de leur vie.

J'arpente donc avec une extrême prudence les couloirs du métro, en espérant vaguement qu'il soit resté dans les parages – et en souhaitant très fort qu'il soit déjà loin !

Je tombe presque malgré moi sur le fugitif.

Un fugitif qui consulte tranquillement le plan du quartier, à proximité de la sortie. Bon sang ! Il n'a même pas quitté la station.

Je me mets aussitôt à l'abri d'un mur, pour reprendre mes esprits et faire le point. Il ne s'agit plus de foncer à l'aveuglette. Comment trois Agents de l'Association ont-ils pu se laisser berner par un semi-homme habillé en poil de chameau ? Des Agents !

– Des Agents, Ombe ! je répète (après tout, ça a fini par marcher !). Avec un A comme Ar... comme At... Comme Andouille (moi, pas eux).

Ce ne sont pas des Agents.

Je les ai vus entrer et sortir de l'immeuble et j'en ai tiré des conclusions erronées.

Je ne prétends pas qu'il s'agit d'amateurs de Bingo, non. L'Association a simplement envoyé en mission des humains ordinaires...

C'est ça que j'ai senti en me penchant sur eux : l'absence de talents paranormaux.

Du coup, je ne comprends plus rien. Pourquoi est-ce que Walter et mademoiselle Rose utilisent des mercenaires ? C'est carrément dingue.

Les Agents étaient peut-être tous occupés ailleurs, mais ce gars, qui essaye de lire le plan du quartier à seulement quelques mètres de moi, c'est un sorcier ! Et on n'envoie pas des humains ordinaires se frotter à un sorcier.

La seule explication, c'est que l'Association ignorait la véritable nature du nabot percussionniste.

Je commence à réfléchir aux différentes options qui s'offrent à moi, quand une silhouette, reconnaissable entre toutes, surgit d'un couloir adjacent.

Grand, fort et souple à la fois. Une sombre et longue chevelure. Un visage d'une pâleur de craie. Les lèvres carminées...

– Un vampire ! je m'exclame à voix (très) basse.

Ce n'est pas que cette catégorie d'Anormaux m'effraye en soi, mais depuis que j'ai carbonisé Valentin et que j'ai commis l'imprudence de m'en vanter auprès de Fabio (on reconnaît la gente des canines à leurs prénoms... désuets), je crains que mon signalement circule dans la communauté, avec peut-être en prime une « faites ouaaaahh ! » sur ma tête.

En plus, je n'ai sur moi aucun sortilège solaire et pas la moindre envie de me frotter à l'aïe.

Si on ajoute à ça mon mauvais pressentiment au sujet du petit-homme-grand-pouvoir, on comprend que je batte fort logiquement en retraite, jusqu'à trouver refuge derrière un distributeur automatique de boissons à forte teneur en cholestérol.

Attention, je ne fuis pas ! Je me regroupe, c'est pas pareil. « Il n'y a pas de honte à reculer, dit Gaston Saint-Langers, si c'est pour mieux sauter. »

Plan B.

Je sors une petite boîte de ma sacoche.

À l'intérieur de la boîte se trouve un bijou d'une parfaite laideur, censé représenter un scarabée. La tête est d'améthyste (ouverture des portes intérieures), les yeux d'ambre (vision des choses invisibles), les ailes de lapis-lazuli (aide à la communication, accès à différents niveaux de pensée) et le corps de cornaline (pour le discernement).

Le tout serti dans un support en plomb (un métal qui permet de stabiliser la magie).

C'est moi qui l'ai fabriqué, hier, dans mon laboratoire !

Enfin, à l'intérieur du scarabée, il y a…

– Fafnir ! Content de te revoir, mon précieux !

Mon sortilège de filature, serpent de brume devenu cyberlapin, a accepté de changer encore une fois d'enveloppe.

À mon appel, il a quitté sans rechigner la clé USB qui lui servait de niche et il s'est logé dans mon insecte de trois cent quinze carats.

Je n'ai pas eu le temps de vérifier s'il s'y plaisait. Je vais être fixé tout de suite.

Je prends le carat… le scarabée dans la main, l'approche de mes lèvres et murmure les mots en elfique qui vont lui donner vie :

– *A roita fëalocë palantir !* En chasse mon étincelant dragon qui voit au loin ! *A hilya, a tira ettelëa curuvar ar hecilo carcan nastavën !* Suis et surveille le magicien étranger et le paria aux dents comme des pointes !

Une douce chaleur emplit ma paume. Profitant de la mollesse du plomb, Fafnir s'amuse à bouger les différents éléments de son corps. Il bat des ailes, de plus en plus vite, et s'envole silencieusement, avec maladresse au départ, puis avec une assurance croissante.

C'est incroyable, mais on dirait que ça marche, ou plutôt que ça vole.

Est-ce que la transmission fonctionnera aussi bien? Pas besoin de rester dans le métro pour le découvrir.

Je ramasse mes affaires et cherche la sortie la plus éloignée possible du sorcier et du grand gars aux dents longues.

– Tu as gagné une bataille, je murmure à l'adresse du sorcier au tambour, qui – j'ai marché cent mètres pour en être tout à fait sûr – ne peut pas m'entendre. Mais tu n'as pas gagné la guerre…

# Prise de tête

*Je me pose quelques questions.*

*Pour être franc, tout est prétexte à me vautrer dans le spa bouillonnant de ma cervelle. Tout est sujet à me perdre dans mille interrogations épuisantes.*

*En ce moment, je commence sérieusement à... m'étonner ? m'inquiéter ? douter ?*

*De quoi ? De l'Association.*

*Oh, rien à voir avec les petites déceptions éprouvées au fil des événements (l'arnaque du soi-disant spécialiste des trolls, les facéties du Sphinx confondant potion et lotion, la répugnance de mademoiselle Rose et de Walter à me féliciter quand je le mérite...) ou avec mes propres hésitations (à parler de la magie qui grandit en moi, ou encore de mon amitié avec Erglug).*

*Rien à voir non plus avec l'impuissance de l'Association à nous protéger, Ombe et moi.*

*Tout simplement, je ne comprends pas où sont passés les Agents.*

*Pourquoi avoir envoyé des mercenaires, dans le métro ? Des humains normaux, contre des Anormaux. Grotesque !*

*Et les autres stagiaires ?*

*Depuis le séminaire sur les trolls, je n'en ai plus croisé. À part Jules, une fois, et Nina…*

*Mademoiselle Rose, voyant la situation empirer, a-t-elle renvoyé tout ce petit monde chez soi ? Pour des raisons de sécurité ?*

*Bon sang ! Mais qu'est-ce qui se passe dans l'Association, bordel ?!*

# 13, rue du Horla

**Deuxième étage – Bureaux de l'Association**

– Allo ? Mademoiselle Rose ?

– Agent stagiaire Jules ! Si tu m'appelles, cela signifie qu'ils l'ont intercepté…

– Oui et non. C'est-à-dire plutôt non que oui.

– Tu peux être plus clair ?

– Vos hommes ont localisé le drôle de gars que vous cherchiez.

– Ah !

– Mais le drôle de gars leur a échappé.

– Échappé ? Qu'est-ce que ça veut dire échapper ? Ils ne sont plus sur ses traces ?

– Je ne vois pas comment ils le pourraient puisqu'ils sont allongés dans un couloir du métro. Seulement évanouis, je vous rassure ! Des policiers les ont découverts, juste avant que je vous appelle.

– J'avais bien besoin de ça… Je m'en occupe. Mais je veux des détails sur ce qui s'est passé. Je t'écoute, Jules.

– Je commence au début ?

– Oui. Mais résume, je n'ai pas beaucoup de temps.

– Comme vous me l'aviez demandé, j'ai suivi les Agents auxiliaires à leur sortie de l'immeuble. Grâce au signalement fourni et au piratage des caméras de surveillance du métro, ils ont vite repéré votre drôle de gars. Pour ça, rien à dire, ils connaissaient leur affaire ! Mais pour le reste…

– Épargne-moi tes commentaires, merci !

– Comme vous voulez, mademoiselle Rose. Ils ont donc intercepté leur cible alors qu'elle se dirigeait vers une sortie, à la hauteur du parc Francescano. C'est là que ça a dégénéré. Le gars a sorti un tambour de son sac, il s'est mis à chanter et à danser. J'ai immédiatement rebroussé chemin. Ça puait la magie, ce truc. Je déteste la magie ! Vous le savez, d'ailleurs, je…

– Jules ?

– C'est bon… Je suis revenu sur les lieux quand je n'ai plus rien entendu. Le joueur de tambour avait disparu et les trois Agents auxiliaires étaient étendus sur le sol. Comme si on les avait assommés.

– C'est très fâcheux.

– Il est plus fort que vous ne le pensiez, hein ?

– Quoi ? Excuse-moi, je n'écoutais plus.

– Le gars au tambour. Il est balèze !

– Ah… Oui. Je l'ai sous-estimé. Ou bien j'ai surestimé les capacités de mes hommes.

– Pourquoi est-ce que vous n'avez pas demandé à de vrais Agents d'y aller ?

– Ça ne te regarde pas, Jules. Tu es prêt à reprendre ta filature ?

– Oui, mais, euh… j'ai eu l'impression que ce type sentait ma présence !

– C'est tout à fait possible. À en croire ton récit, il s'agit d'un sorcier. D'un chamane, pour être précis. C'est du moins comme cela, avec ce genre de tambour et de mélopées, que les chamanes pratiquent la magie. Il faudra te faire encore plus discret que d'habitude.

– Bon. Est-ce que je peux compter sur Jasper en cas de problème ?

– Jasper ?

– Lui aussi suivait les Agents auxiliaires. Vous… n'étiez pas au courant ? Vous ne l'avez pas collé sur cette mission avec moi ?

– Jasper… On ne peut pas lui demander de rester tranquille cinq minutes, celui-là ! Non, l'Association ne lui a rien demandé. Que faisait-il quand tu l'as vu ?

– Il était là, c'est tout. Il surveillait le gars au tambour.

– Hum. Bon, je vais aviser. Concentre-toi sur ton objectif et sois prudent. Tu es seul sur cette mission. Reste à distance et appelle-moi dès que quelque chose de suspect se produit.

– Mademoiselle Rose ?

– Oui, Jules ?

– Vous dites que je suis seul… Mais Nina ? Si elle n'est pas branchée sur l'opération, ça veut dire qu'elle est venue de sa propre initiative, elle aussi ?

– Rien ne t'échappe !

– Ça fait partie de mes… talents, mademoiselle Rose.

– Je ne suis pour rien dans la présence de Jasper aux abords du théâtre des opérations. Par contre, c'est bien moi qui ai demandé à Nina de t'épauler en cas de besoin.

– Dites, mademoiselle Rose, ça commence à devenir compliqué, votre truc ! Qui suit qui, exactement ? Les Agents auxiliaires filent le gars au tambour, moi je file les Agents, Jasper file le gars au tambour et les Agents, Nina me file moi…

– Présentée comme ça, la situation semble effectivement embrouillée.

– Pourquoi Nina, mademoiselle Rose ?

– Nina ne possède pas tes pouvoirs de filature et de discrétion, mais elle dispose d'autres atouts importants.

– Je ne sais pas de quels atouts vous parlez, mademoiselle Rose, mais je pense qu'il ne faut pas trop miser dessus.

– Qu'est-ce que tu veux dire ?

– Nina a disparu.

– Disparu ? Comment ça, disparu ?!

– Après l'épisode du tambour, je suis parti à sa recherche. Pour m'assurer qu'elle allait bien. Le gars avait quand même étendu trois hommes !

– Alors ?

– Alors, comme vous le savez, j'ai l'habitude de retrouver très vite ceux que je cherche. Là, rien. C'est comme si Nina s'était évaporée…

# 5

Profitant du soleil timide de la fin d'après-midi, un débit de boissons a courageusement installé quelques tables sur sa terrasse. Je m'installe devant l'une d'elles et pose à mes pieds la besace militaire qui me sert de sacoche depuis que l'autre, la vraie, la fidèle, qui accompagne tous mes exploits, est depuis l'attentat qui a coûté la vie à Ombe l'otage de Walter dans son bureau.

Est-ce qu'il fait froid ? Je ne sais pas. À cause, encore, de l'action mystérieuse du collier protecteur. De la même manière que je suis incapable de dire si je me sens fatigué. Transpirant, par contre, oui, à cause de mes courses successives dans le métro. Mon manteau (la veste tient compagnie à la sacoche, rue du Horla) est largement ouvert sur le pull, noir lui aussi (c'est mon côté joyeux drille), dont j'ai une collection dans mon placard.

Je prends ma bouteille d'eau, bois longuement au goulot.

Pourquoi les événements ont-ils tendance à se bousculer dès que je mets le nez dehors ? Je suis un aimant à problèmes ! Je m'y ennuie rapidement, mais au moins, quand je reste à la maison avec ma mère, il ne se passe rien. La vie coule comme un long fleuve (de thé) tranquille.

– Vous voulez quelque chose ?

Un serveur a osé quitter la chaleur de son troquet. Vu le regard qu'il me porte et les frissons qui le saisissent, je comprends que je n'ai pas intérêt à réfléchir trop longtemps !

– Un caf... Non, un chocolat chaud, je me ravise sagement.

L'espace d'un instant, j'écoute le silence, prêt à recevoir un commentaire moqueur sur les vertus comparées du café et du chocolat.

Où te caches-tu, Ombe, sur quelle bordure, dans quel recoin ? Et qu'est-ce que tu attends de moi ?

Comme d'habitude, le tourbillon qui met ma tête sens dessus dessous m'empêche de me concentrer. J'ai du mal à ordonner mes pensées. À les classer.

Bon sang, j'ai plus urgent à faire que de m'interroger sur les silences d'Ombe ou sur ma capacité à attirer la poisse ! Un sorcier dangereux se balade dans la nature, avec une photo de Walter dans la poche et un vampire aux trousses…

Je cale mes coudes sur la table, pose mon visage dans le creux de mes mains et ferme les yeux.

–  *Fafnir… Ma hlaratyë ni?* Fafnir… Tu m'entends?

Pas de réponse. Cela dit, je ne sais même pas si un sortilège est capable de répondre.

–  *Fafnir… A tana nin ambar silumë ar sinomë…* Fafnir… Montre-moi le monde à ce moment et à cet endroit…

Un bourdonnement dans mes oreilles. Des éclairs de lumière dorée sur le rideau de mes paupières baissées. Une télé qui s'allume péniblement… Puis, à travers un filtre jaunâtre, j'aperçois une image légèrement déformée (sûrement à cause de l'arrondi des morceaux d'ambre qui constituent les yeux du scarabée).

Youpi! Je refrène mon excitation, me permets juste quelques gloussements satisfaits. Pourquoi est-ce que personne (hormis mes adversaires) n'assiste jamais aux prouesses que je réalise? Pourtant, là, assis tranquillement à la terrasse d'un bistrot, je m'offre le luxe d'espionner un sorcier et un vampire, à l'écart de tout danger…

Le petit homme est sorti du métro et marche dans le parc Francescano.

C'est dans ce parc qu'on a joué, avec Romu et Jean-Lu, la première composition de notre groupe (les *Crabes fantômes*) devant un public entièrement constitué de pigeons (au sens animal du terme). Public volage, qui, aux premières notes de cornemuse, s'est dit qu'il valait mieux imiter *Alamanyar* et s'envoler en pagaille, plutôt que de rester et devenir sourd…

L'angle de vue que m'offre Fafnir change constamment. C'est très bizarre ! J'ai l'impression de regarder un film tourné caméra à l'épaule. Un vieux film muet.

– [illegible] *Fafnir… Hlona ! A palya helin imirin !* Fafnir… Le son ! Ouvre en grand l'améthyste !

Dans « espion », il y a « esgourde » et « arpion » (oreille et pied, pour les caves !), dirait Bébert le Baron dont je n'ai jamais réussi à dépasser la page trois du *Livre des Ombres*, entièrement écrit en argot.

Crrrr. Crrrr.

***– … vas où comme ça ?***

Une voix me parvient, étouffée, à l'autre bout d'un tuyau. Ce n'est pas celle de Fafnir. Cinq racailles ont fait irruption devant le sorcier.

***– File ton fric ! Dépêche !***

Le petit homme ne dit rien. Il se contente de sourire.

Un grand sourire qui semble signifier : « Je ne comprends pas », « Je n'ai rien contre vous », « C'est un malentendu ».

Pourquoi je n'ai pas eu droit à un sourire, moi aussi, au lieu d'un regard assassin, dans le métro ? C'est injuste ! J'aurais dû lui piquer son fric.

– Un chocolat chaud, un…

J'ouvre un œil. Le serveur a posé la tasse sur ma table et semble attendre que je règle ma commande. Ce que je m'empresse de faire en jurant silencieusement.

– Bonne journée ! me lance-t-il en repartant.

Je grogne un remerciement. Bon sang, j'espère que cet idiot ne m'a rien fait rater d'important !

Retour au parc Francescano.

Le degré d'agacement des détrousseurs est monté d'un cran.

Le calme du petit homme ne semble pas provoquer l'effet désiré. Au contraire ! Quelqu'un va passer un sale quart d'heure (étrangement, je ne parie pas sur le sorcier !).

C'est alors que Longues Dents fait une apparition théâtrale, essentiellement due au zoom arrière très rapide réalisé par Fafnir-caméra gagnant l'abri d'un réverbère.

Ruban de brume, cyberlapin ou coûteux scarabée, mon vaporeux compagnon reste un trouillard !

D'un geste aussi fluide que rapide, le vampire attrape le chef de la meute par le col et lui brise la nuque. Craaac. Il se tourne ensuite vers ses quatre compagnons de rapine qui le fixent, horrifiés. Le vampire choisit ce moment pour dévoiler d'impressionnantes canines.

Ce sourire-là, moins bonhomme que celui du sorcier, signifie clairement : « Cassez-vous ou je vous élimine l'un après l'autre. »

Le message est parfaitement reçu. Les voyous s'enfuient en hurlant, abandonnant le corps de leur ami sur le sol.

Le sorcier ne paraît pas traumatisé outre mesure.

Ni inquiet, d'ailleurs. Mais peut-être qu'il n'a jamais vu de vampire ? Qu'il croit à un montage, ou à du théâtre de rue, voire à une surprenante coutume locale ?

Alors que je m'attends à ce que le petit homme fasse les frais de la sauvagerie vampirienne (ou l'inverse, je suis curieux de voir ça), Longues Dents se penche sur le cadavre encore chaud.

***– Tu permets ?***

Sans attendre de réponse, il plante ses incisives dans le cou du type étendu sur l'herbe et boit de longues goulées répugnantes.

Qu'est-ce qui peut pousser un géant à faire ami-ami avec un nabot ? A-t-il été impressionné par le spectacle de danse folklorique dans le métro ? Cherche-t-il un conseiller vestimentaire ?

Je ne tarde pas à avoir ma réponse :

***– Pourquoi l'Association te recherche ? Inutile de nier, j'ai assisté à l'affrontement, là-dessous. C'étaient des types de l'Association !***

***– Pas savoir. Pas connaître.***

La voix du sorcier est étonnamment puissante. Rauque et profonde.

Sa sincérité paraît surprendre le vampire.

***– Pour quelle raison tu es venu à Paris ?***

Toujours souriant, le sorcier sort la photo de sa tunique et la met sous le nez de son inquiétant camarade.

***– Chercher Walter.***

***– Le patron de l'Association ! Je le savais... Tu penses le trouver dans ce parc ?***

***– Non. Chercher endroit pour dormir. Fatigué.***

***– Si tu es un ennemi de Walter et de l'Association, alors tu es mon ami ! Suis-moi. Je connais un endroit plus confortable qu'un banc pour passer la nuit.***

***– Très gentil. M'appeler Otchi.***

***– Et moi Aristide. En route !***

L'espace d'un moment, je me demande si Fafnir me transmet la réalité ou s'il l'altère. Un vampire qui dégomme un humain (tout voyou qu'il soit), qui prend sous son aile un sorcier agresseur d'Agents (présumés) et qui s'appelle Aristide ! Stop ! Il y a au moins deux motifs d'arrestation immédiate (je lui fais cadeau de son prénom...) !

Je m'apprête à ouvrir les yeux pour décrocher mon téléphone et composer le numéro d'urgence de l'Association, quand je ressens une intense démangeaison du cuir chevelu.

En même temps, Fafnir envoie dans mon cerveau des impulsions frénétiques. Visiblement, mon espion insiste pour que je me reconnecte.

Ce que je fais.

Après tout et jusqu'à présent, je n'ai jamais eu à me plaindre de ses initiatives.

De nouvelles images affluent.

Gros plan sur Aristide, qui récupère au pied d'un arbre un énorme sac de sport. Un sac agité de convulsions. Pour être plus précis, la chose enfermée à l'intérieur se débat vigoureusement.

Zoom arrière. Le vampire ouvre la fermeture Éclair, empoigne une forme humaine qui s'avère être une fille.

Zoom avant. Une fille menue mais pleine d'énergie.

Zoom encore. Une fille rousse, plutôt mignonne.

Bon sang, je la connais…

Nina ! C'est Nina, la stagiaire de l'Association !

– ***Tu as de la chance, je viens de dîner.***

Aristide ponctue sa tirade d'un rire joyeux et gifle ma pauvre coreligionnaire (de « corps » et « légionnaire », ou bien autre chose, mais ce que je veux dire, c'est que je communie avec elle dans la douleur…).

Clac ! Nina perd connaissance (c'est ce qui pouvait lui arriver de mieux).

Il la remet dans le sac, en expliquant au petit homme :

– ***Une moucharde. Elle te suivait.***

Il cale sa prise sur son épaule et s'enfonce dans le parc. Le sorcier trottine à ses côtés.

J'en ai assez vu pour l'instant.

Je cligne des yeux pour me réhabituer à la lumière du jour.

J'avale une gorgée de mon chocolat déjà froid puis je fouille la besace à la recherche de mon téléphone.

## Les Crabes fantômes

(Une composition de Romu pour *Alamanyar*)

*Les libellules s'aiment*
*dans les nénuphars*
*languides*
*Les crabes fantômes déambulent*
*au milieu des barbares*
*translucides*

*Papillon affolé par la flamme*
*meurt sans un regard*
*meurt sans nous voir*
*et laisse nos âmes*
*dans le noir*

# 13, rue du Horla

**Deuxième étage – Bureaux de l'Association**

– Mademoiselle Rose ? C'est encore moi.

– Je t'écoute, Jules.

– J'ai retrouvé le gars au tambour.

– Enfin une bonne nouvelle !

– Le problème, c'est qu'il n'est plus seul.

– Tu veux dire que… Jasper ?

– Non. Je n'ai pas revu Jasper depuis l'épisode du couloir. Je crois qu'il a abandonné la poursuite.

– Tant mieux ! C'est un souci de moins. Mais alors, qui est avec le chamane ?

– Un vampire. Du genre costaud. Je vous envoie la photo que j'ai prise avec mon téléphone.

– Qu'est-ce que ce vampire vient faire là ? C'est quoi cette histoire ?

– Le gars au tambour est sorti du métro. Il s'est dirigé vers le parc Francescano. Là, cinq racailles lui sont tombées dessus. Le vampire a surgi de nulle part pour venir à son aide. Il a tué un des agresseurs, les autres se sont enfuis. Ensuite, le sorcier et lui ont discuté et puis ils sont partis, bras dessus bras dessous, comme s'ils étaient les meilleurs amis du monde.

– …

– Mademoiselle Rose, vous êtes là ?

– Tu as pu entendre leur conversation ?

– Non. Je suis resté à bonne distance ! À cause du sixième sens du… du chamane et de l'odorat du vampire.

– Et Nina ? Des nouvelles ?

– Aucune. Je m'inquiète pour elle, mademoiselle Rose.

– Je m'en occupe, Jules. De ton côté, concentre-toi sur ta mission. Je veux que tu continues à suivre le chamane. Ne les perds surtout pas de vue, lui et son nouvel ami. Et rends-moi compte régulièrement !

– C'est qu'il va bientôt faire nuit…

– Justement, tu seras encore moins repérable. Mais rassure-toi : si ça devient trop dangereux, tu as la possibilité d'abandonner la mission. Je te laisse entièrement libre d'apprécier la situation.

– Merci pour votre confiance, mademoiselle Rose.

– Tu la mérites, Jules. Tu la mérites amplement…

# 6

Une brume épaisse, grise, recouvre la forêt comme un pesant catafalque. Est-ce que c'est le jour ? Est-ce que c'est la nuit ? Tout est sombre et sanglant. C'est peut-être le crépuscule. Je vois à peine où je mets les pieds.

Les fûts noirs des arbres qui grimpent et se perdent dans le ciel sont les colonnes d'un temple ancien.

J'avance. Je ne sais pas où je vais, je suis poussé par l'impérieux besoin d'avancer.

« Je suis le marcheur aveugle, les yeux figés contemplant une lune qui tarde à se montrer... »

Toujours ce poème, que je ne me rappelle pas avoir appris.

Il monte du sous-bois une odeur de mousse, d'humidité mêlée de pourriture. Et aucun bruit d'animal. Tout est immobile, comme l'étang aux eaux glauques que je longe et abandonne derrière moi.

Je sens des gouttes. Tac. Tac. Le bruit d'une averse trouble le silence. Les effluves de la forêt se font plus présents. Pesants. Enivrants.

Je fais le dos rond sous mon manteau. Un manteau épais, fait d'une matière inconnue.

Un flamboiement illumine le ciel, suivi d'un lointain grondement.

« J'arpente l'horizon orange qui fabrique d'étranges orages... Éclair d'ivoire, gouttelettes d'eau pâle, châle de pluie sur l'herbe endormie... La feuille se détache et vient tomber sur la peau de la mare, dans laquelle se reflète un morceau de ciel noir... »

Je bute contre un obstacle que l'obscurité m'avait dérobé. Je me penche : c'est un corps.

Le corps d'un homme mort.

Je n'ai aucun mouvement de recul, à peine surpris. Cette forêt est donc un cimetière ?

Le corps est encore chaud. Sa tempe est poisseuse. On l'a frappé.

Je me laisse tomber, à quatre pattes.

Comme font les chiens. Comme font les hyènes.

Et je renifle le parfum du sang.

Pesant.

Je me retiens pour ne pas passer ma langue sur la blessure.

Enivrant.

Ce n'est pas normal.

Je vais me ...

# 7

Pourquoi est-ce toujours quand on en a le plus besoin que les objets nous trahissent ? La plupart du temps, ils sont là, simplement. Bêtement. On les transporte, on les utilise, on les pose. Dans un sac, une armoire. Sur une étagère ou sur une table.

Parfois on pense à les prendre, parfois on les oublie…

Pourquoi je suis parti dans ce délire ? Parce qu'un téléphone, c'est un objet. Et que, tout à mon empressement à suivre les pseudo-Agents, j'ai laissé le mien au café, parmi les tasses vides !

Petite cause, grande conséquence : je me trouve dans l'incapacité de téléphoner à mademoiselle Rose pour lui signaler que Nina vient d'être enlevée par un vampire sadique (il a enfermé une fille dans un sac après l'avoir assommée!) et un sorcier pervers (il n'a pas eu l'air étonné de voir une fille se faire assommer et enfermer dans un sac...).

Bien sûr, si je connaissais par cœur le numéro d'urgence de l'Association, au lieu de l'avoir stupidement enregistré dans mon répertoire, je pourrais appeler de n'importe où. Mais ce n'est pas le cas. Il faut préciser, pour ma défense, que le numéro en question, crypté, est beaucoup plus long qu'un numéro de téléphone normal.

Ça ne change rien au fait que ma négligence met la vie d'un Agent en danger.

– Jasper pas bien. Jasper pas bon garçon. Jasper très nul. Jasper...

*« Hey, c'est fini, oui ? »*

– Ombe !

*« Désolée, c'était plus fort que moi. Je ne supporte plus de t'entendre geindre.*

*– Il faut pleurnicher pour te faire sortir des limbes ?*

*– Il suffit de m'énerver. Et tu es très fort pour ça. Bye !*

*– Ne sois pas si susceptible ! Il faut me comprendre : tu débarques quand tu en as envie. Et si j'ai besoin, moi, de t'entendre ? Je fais comment ? Il y a une formule magique ?*

*– Je n'aime pas la magie, tu le sais.*

*– Ce n'est pas ce que je voulais dire ! Je... Bah, laisse tomber. Ça me fait très plaisir de t'entendre à nouveau.*

*– On ne dirait pas.*

*– Je me suis posé beaucoup de questions.*

*– Tu te poses toujours beaucoup de questions !*

*– Là, c'est pas pareil. Ce sont des questions qui te concernent. Je me demande, par exemple, pourquoi je suis en train de te parler, alors que tu es morte. Qui es-tu, Ombe ? Un esprit revenu d'outre-tombe ?*

*– Je pensais que tu avais compris…*

*– Compris quoi ? Ombe, merde ! Qu'est-ce que tu veux ? Pourquoi tu restes dans ma tête ?* »

Pas de réponse.

« *Ombe ! Explique-moi !* »

Elle est repartie. Le silence qui succède à chacun de ses départs est caractéristique. Ombe s'évapore, encore et toujours, me laissant avec mes frustrations.

Je soupire.

Est-ce que je dois insister ? Risquer de tout gâcher pour savoir ? Ou bien accepter de ne pas comprendre ? Prendre les choses comme elles viennent, accepter simplement les cadeaux qui sont offerts, sans savoir ni par qui ni pourquoi…

Peut-être.

« Fille prise ou comprise », a écrit Saint-Langers un jour où il se sentait d'humeur trollienne. Alors tant pis, je prends. En attendant mieux…

Et je retourne au réel.

Une fille de l'Association est en danger, que je suis le seul à pouvoir aider.

Article 8 : « L'aide à un Agent en danger prime sur la mission. »

Je ne suis pas en mission, sinon celle que je me suis moi-même assignée (démanteler une société secrète et criminelle). Mais j'ai l'habitude, maintenant, de jouer les francs-tireurs.

Devant la tasse de chocolat, froid depuis longtemps et auquel j'ai à peine touché, je ferme à nouveau les yeux.

– 
*Fafnir… A tana nin ambar silumë ar sinomë…* Fafnir… Montre-moi le monde à ce moment et à cet endroit…

Bourdonnement, flash de lumière dorée. À travers les pupilles d'ambre de mon scarabée-espion, je distingue la haute silhouette du vampire marchant à grands pas, le sac contenant Nina battant contre son dos ; à côté de lui, se hâtant pour ne pas le perdre, le sorcier court-sur-pattes à l'origine des événements… et du brusque emballement de mon programme !

– 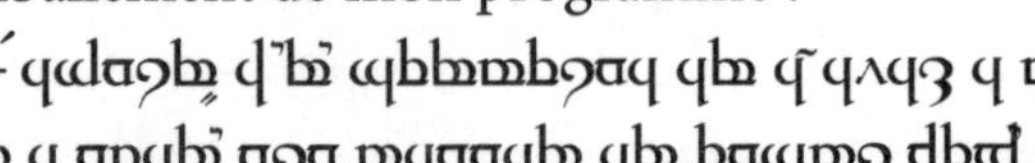 *Fafnir… A ërë serteina ar a pala, a tulta ni ar a nyarë nin tannar ar engwi cevë…* Fafnir… Reste attaché et palpite, convoque-moi et raconte-moi les signes et les choses nouvelles…

Je cligne des yeux pour briser le fil invisible qui me relie au sortilège de filature. J'espère que ma formule vite faite mal faite sera suffisante pour Fafnir. Et qu'il me transmettra les informations indispensables pour remonter la piste de Nina.

Le problème, c'est que je dois toujours improviser dans l'urgence. Mon expérience et ma pratique ne me permettent pas encore de puiser dans un arsenal longuement éprouvé…

Bon. Puisque Fafnir assure le pistage, je dispose d'un peu de temps pour me préparer à l'action. Pas assez pour rentrer chez moi et utiliser mon laboratoire, ni pour retourner rue du Horla et supplier le Sphinx de me confier des armes, mais suffisamment pour pratiquer un zeste de magie, si je trouve un coin discret.

Genre toilettes de bar (ça fonctionne, j'ai déjà testé…).

On ne part pas la bouche en cœur à la poursuite d'un vampire qui tord les cous sans états d'âme et d'un sorcier qui étend trois types avec une chanson.

– Je suis en terrasse, je dis au patron qui me regarde d'un air suspicieux tandis que je prends la direction des W.-C. (Wagons Climatisés ? Walkyries Cuitées ? Wapitis Croquignolets ?).

J'aime bien les lieux d'aisance des cafés parisiens. Un escalier étroit conduit la plupart du temps au sous-sol, là où se trouvent les énergies telluriques.

Je m'enferme dans l'unique cabine. Chance : elle est équipée d'un siège, sur le couvercle duquel je pose ma besace.

J'ai eu moult occasions, chez moi, entre une tasse de thé et l'écriture d'un paragraphe dans mon *Livre des Ombres*, de recharger mon collier protecteur et ma bague brûleuse. Un sort agressif supplémentaire aurait été le bienvenu, mais je préfère trouver le moyen de passer inaperçu. Genre cape d'invisibilité elfique ou tenue de camouflage labellisée Predator.

Pour cela, je vais utiliser des runes.

On grave les runes. Sur une pierre – qui devient batterie de pouvoir – elles font vibrer les énergies latentes. Sur du bois – qui se transforme en talisman – elles entrent en résonance avec les forces en mouvement. Simplement tracées dans les airs, elles vivent ce que vivent les papillons, et leurs battements d'ailes sont impalpables ou implacables.

Et puis on nomme les runes. En les susurrant, les chantant ou les hurlant.

J'aime le runique autant que le quenya. Simplement, on ne pratique pas la même magie avec l'un et l'autre.

L'elfique s'adresse aux choses et exige une collaboration, ce qui laisse une grande part à l'incertitude. Les runes, elles, à la façon des armes ou des outils, attendent de la matière qu'elle leur obéisse. Le quenya était utilisé par les peuplades elfes, sylvestres et aériennes, tandis que le runique, avant d'être celle des hommes du Nord, était la langue des royaumes nains, taillés dans le minéral, dans le feu et dans la glace.

Si j'étais consciencieux, je commencerais par me placer sous la protection d'un pentacle. Seulement, je manque carrément d'espace pour en fabriquer un.

Je fixe une bougie sur le réservoir des toilettes, que j'allume avec un briquet.

Tout rituel fait intervenir le feu. Charbon qui chauffe, flamme qui éclaire. Là, je n'ai pas besoin de brûler de plantes ni de faire bouillir d'eau. La bougie suffira.

Je sors de ma besace un simple galet, troué, une petite planchette de bouleau et un athamé à manche blanc. En m'appliquant, je grave sur la pierre ronde la rune première, *Féhu*, qui capte l'énergie cosmique et charge les objets en énergie ; puis de l'autre côté *Uruz*, la rune deuxième, fille de la pluie, qui fixe les forces terrestres.

Je pose un instant le couteau à double tranchant et je décrispe mes doigts en les agitant. Puis je prends la planchette de bois et grave *Ingwaz* sur une face, la vingt-deuxième rune, protection talismanique par excellence, et *Dagaz* sur l'autre, la vingt-troisième rune, qui a des affinités avec l'invisible et les intervalles.

Voilà pour la gravure. Maintenant, les mots :

– ᛏᛁᛊᛊᛏ ᚨᛏᛟᛁᛚ ᛞᚨ ᚾᛊᛚᛟᛊᛗᛟᛊ,ᚠ ᚺᚢ, ᛏ ᚨᛈᛏᚢᚱᛚ ᛊᚾ ᚱ ᚷᛁ ᛊᛞᛟ ᚾᛏ ᛚᚨ ᛈᛁ ᚱᚱ ᚨᛒ ᛊᛟᛁᚾ! ᛒᚱᛟ ᚢᛏ ᛚᛊ ᚠᛟᚱ ᛊᛞ ᛚ ᚨᛏ ᚱᚱ, ᚢᚱ ᚢᛉ,ᚨᚠᛁ ᚾᛞ ᚾᛟᚢᚱᚱ ᛁᚱ ᛚᚨ ᛈᛁ ᚱᚱ ! Tisse ta toile dans le cosmos, *Féhu*, et capture les énergies dont la pierre a besoin ! Broute les forces de la terre, *Uruz*, afin de nourrir la pierre !

Sur le galet, les signes gravés luisent un bref instant avant de s'enfoncer plus profondément dans la matière.

—ᚱ ᛁᚾ ᛞᛊ ᚨᚹ ᚨᛚᛁ ᚱᛊ ᚺ ᚹ ᚨᚢ ᚺᚨᚾᛏ ᛞᚨᚾᛊ ᛚᚨᛈ ᛚ ᛚᚢ ᛗᛁᚱ ᛞᚢ ᛝᚢᚱ! ᛏ ᛏᛟᛁ ᛚᚨᚱᛁ ᚺ ,ᛚ ᛚᛟᚢ !ᛞᚨᚷᚨᛉ!ᛁᚾᚷᚹ ᚨᛉ!ᛈᚢᛁᛊ ᛉᛞᚨᚾᛊᛚ ᛒᛟᛁᛊᛚᚨ ᚹ ᛁᚷᚢ ᚢᚱ ᛞᛟ ᚾᛏ ᚹ ᛟᚢᛊ ᚨᚹ ᛉᛒ ᛊᛟᛁᚾᛈᛟᚢᚱ ᛗ ᛞ ᚱᛟᛒ ᚱ ᚨᚢ ᚲᛊᚱ ᚷᚨᚱᛞᛊ ᛞ ᛊ ᛗᚨᛚᚹ ᛁᛚᛚᚨᚾᛏᛊ!

Reine des cavaliers chevauchant dans la pâle lumière du jour ! Et toi la Riche, le Clou ! *Dagaz* ! *Ingwaz* ! Puisez dans le bois la vigueur dont vous avez besoin pour me dérober aux regards des malveillants !

Les runes grésillent sur le morceau de bois comme sous l'effet d'un pyrograveur.

À l'origine de la magie, il y a la volonté de guérir, de rendre plus solide, d'agir sur les éléments et de combattre ses ennemis.

À la réflexion, peu de chose a changé aujourd'hui…

Je fais un trou dans la planchette. J'y passe un mince cordon de cuir, sur lequel j'enfile aussi la pierre percée. Puis je noue l'assemblage hétéroclite à mon poignet gauche.

Un collier autour du cou, une bague à la main droite et maintenant un bracelet, je me transforme peu à peu en arbre de Noël !

J'espère que ça marchera. À force d'elfique, je manque de pratique avec les runes.

J'éteins la bougie, la range avec l'athamé dans ma besace.

Je tire la chasse d'eau et déverrouille la porte.

Dans l'escalier, j'ai la confirmation que Fafnir est en pleine forme.

Mon crâne me démange brusquement et, sans même avoir le temps de le gratter, je deviens aveugle dans un éclair jaunâtre. Cet imbécile a substitué sa vision à la mienne !

Je manque une marche et me rattrape à la rambarde.

À travers les yeux de Fafnir, je distingue le sorcier (Otchi) et son compère (Aristide) qui sortent du RER. Ils marchent dans une rue de banlieue. Banlieue chic (pour changer des banlieues chocs). Il y a des pelouses propres, des villas. Pas d'immeubles. Pas de zonards.

Sans lâcher ma rambarde, je décide prudemment de redescendre. Je trouve le lavabo et fais semblant de me laver les mains, pour me donner une contenance au cas où quelqu'un viendrait.

Les images se succèdent.

Le vampire, qui porte toujours son sac, pousse la grille d'un parc protégé par un mur épais, digne d'une prison.

Fafnir ne transmet aucun son. Parce qu'il est trop loin ? Qu'il économise son énergie ? Qu'il estime que le visuel suffit ? Avec lui, je ne sais jamais quoi penser.

Au fond du parc, une maison du genre manoir, sinistre, est enfouie sous les arbres.

Présumant que j'en ai assez vu, ou bien épuisé par l'effort (voir remarque précédente), Fafnir interrompt la transmission, me laissant seul avec un léger mal de crâne.

Ça commence à devenir agaçant, cette habitude qu'ils prennent, tous, de venir quand ça leur chante squatter un bout de ma tête !

J'ai le nom de la station de RER, l'itinéraire de mes Laurel et Hardy en goguette (version *Contes de la crypte*) et une image précise de la gentilhommière. En route !

Pour me motiver, je pense à Nina ; je n'aimerais pas être à sa place quand elle reviendra à elle…

# Post-it

*Faut-il réveiller ce qui dort dans la nuit ?*

# 13, rue du Horla

**Troisième étage – Club philatéliste / Appartement de mademoiselle Rose**

– C'est encore la cafetière du bureau qui fait des siennes, sorcière ?

– Ne me cherche pas, démon, ce n'est vraiment pas le moment.

– J'en prends bonne note. Et je devine, à voir ton visage sombre, que tu parles sérieusement.

– Je pensais avoir eu suffisamment de mauvaises surprises pour aujourd'hui. C'était compter sans mon jeune Agent, Jules.

– Le maître espion ?

– Maître espion stagiaire ! Peu de temps après son premier appel m'annonçant…

– … l'échec dans un couloir du métro des trois Auxiliaires que tu avais envoyés en mission, la fuite du chamane mongol et la présence incongrue sur le terrain de l'Agent stagiaire Jasper !

– Je t'ai dit de ne pas me chercher.

– Désolé ! Continue, sorcière, continue.

– Jules m'a communiqué une autre information importante : des voyous qui agressaient le chamane à l'entrée du parc Francescano ont été dispersés par un vampire non fiché, qui n'avait jusque-là commis aucune infraction…

– Encore un vampire.

– Oui. Et quand on considère la facilité avec laquelle le chamane s'est débarrassé des hommes lancés à ses trousses, je n'ose même pas imaginer les conséquences d'une alliance entre lui et des vampires hors de contrôle !

– Pourquoi les vampires sont-ils impliqués en ce moment dans tous les mauvais coups ?

– Bonne question, démon. Peut-être parce que ce sont les Anormaux les plus corruptibles. Peut-être parce que, parmi tous, ce sont eux qui ressemblent le plus aux humains…

– Ce n'est pas faux.

– Il faut absolument neutraliser le chamane ! Cela devient, sous l'angle vampirique, absolument nécessaire. Les raisons mystérieuses invoquées par Walter pour motiver l'intervention sont d'ores et déjà dépassées...

– J'ai connu un chamane, il y a longtemps. Nos rapports étaient tendus comme une peau de tambour...

– Le rapport de Jules et les recherches que j'ai effectuées confirment qu'il s'agit d'un sorcier-chamane du désert de Gobi, un oyun ouïgour, à en croire les motifs brodés sur sa tunique. Mais qu'est-ce qu'un chamane vient faire à Paris ?

– Les boutiques du Chant des Alizés ? Je plaisante, sorcière, je plaisante ! Le mieux serait de poser la question à Walter.

– Excellente suggestion, démon. Malheureusement, c'est impossible.

– Pourquoi ? Il est toujours aussi... sombre ?

– Pire que ça ! Walter s'est envolé.

– Hein ?

– Eh oui, démon ! Disparu, le responsable de l'antenne française ! Comme Fulgence ! Introuvable...

– Youp.... euh, je veux dire, ça y est, tu es vraiment seule !

– Seule pour gérer une situation ingérable. Pour garder un œil sur les dossiers ouverts, la disparition du Sphinx et le vol du cercueil d'Ombe. Pour m'occuper du chamane. Pour gronder Jasper. Pour organiser la recherche de Nina.

– Tu comprends quelque chose à l'attitude de Walter ?

– Franchement non. Partir subrepticement, sans explication, sans même un mot, sans emporter son téléphone ! Ça ne lui ressemble absolument pas.

– Remarque, tu me l'as bien dit, ce matin, que quelque chose ne tournait pas rond chez lui, depuis la mort d'Ombe et le silence du Sphinx.

– C'est plus grave que ça, démon. Il a vraisemblablement cédé à la panique ! J'ai rarement vu une expression aussi effrayée que celle de Walter fixant la photo du chamane, dans le dossier. Je me demande qui est réellement ce sorcier oyun. Jusque-là, Walter n'avait jamais perdu son sang-froid…

– Rien n'est éternel, sorcière. Je t'avais prévenue…

# 8

Lorsque je sors du RER, au milieu d'un groupe de quadragénaires cravateux et serviettes-en-cuirisés, la nuit est tombée.

Une nuit sombre, sans lune.

Le quartier où m'entraînent les souvenirs de ma dernière communication avec Fafnir (un Fafnir étonnamment silencieux depuis), me change agréablement des entrepôts et autres usines désaffectées auxquels m'ont, jusqu'à présent, habitué mes filatures.

Comme je n'ai rien d'autre à faire que marcher et gamberger, je songe avec amertume à mon téléphone oublié. Avec lui, j'aurais pu contacter mademoiselle Rose, et un autre que moi ferait claquer ses semelles sur le trottoir.

J'aurais pu également appeler ma mère et la prévenir que je serai en retard pour le dîner…

Un sentiment de tendresse mêlé de remords m'étreint le cœur. Pauvre maman, je ne t'épargne guère en ce moment !

– Que veux-tu lui faire payer en agissant de la sorte ? je me rabroue à voix haute.

Peut-être ne plus pouvoir, même un instant, essayer d'être un enfant.

Enfin… Je m'apitoierai sur moi-même une autre fois parce que, ce soir, c'est Nina qui est en fâcheuse posture, entre les mains d'un vampire.

Et, pour ne rien arranger, je suis son seul espoir.

C'est dire à quel point la situation est désespérée…

Voilà, on y est. Ou plutôt j'y suis.

Je me heurte à la grille fermée. Au fond du parc, le manoir brille comme une devanture de magasin. La lumière jaillit par toutes les fenêtres. Une musique de clavecin, assourdie, parvient jusqu'à mes oreilles. Une fête ? Il ne manquait plus que ça !

Ouvrir les portes, je connais. Il y a beaucoup d'ennuis qui en sortent ! C'est le tour que j'ai eu, pour l'instant, le plus d'occasions de pratiquer (c'est-à-dire deux fois en deux semaines : pour enfermer Fabio dans une cave et pour m'introduire dans l'appartement d'Ombe). Quand je me serai fait virer de l'Association pour désobéissance, négligence et mise en danger de la vie d'autrui, je pourrai toujours me reconvertir dans le cambriolage…

Je récupère dans ma besace de la poudre d'améthyste broyée (la pierre d'améthyste sert notamment à ouvrir, débloquer et défaire les verrous. Je radote ? C'est possible).

Puis je souffle une pincée de poudre dans l'imposant mécanisme.

– *Equen anin latyat ando lintavë helin imirin !* Je dis : ouvre-moi la porte rapidement, violette de cristal !

La serrure cède aussitôt et la grille s'entrouvre dans un grincement. Je me glisse à l'intérieur, me faufile dans l'ombre protectrice des grands arbres.

Je suis dans la place…

Un vrombissement me fait sursauter. Je pense immédiatement à un sort anti-intrusion et j'empoigne les pierres de mon collier. Mais il ne s'agit que de Fafnir, qui entame autour de moi une danse de la joie grotesque.

Je l'accueille avec quelques paroles réconfortantes :

– *Man na ampolda ? Man na anirima ? Sina na fëalocë palantir ! Sina na Fafnir !* C'est qui le plus fort ? C'est qui le plus beau ? C'est mon étincelant dragon qui voit-au-loin ! C'est Fafnir !

J'éprouve un réel plaisir à revoir cet idiot.

D'abord parce que je l'aime bien. Sincèrement. Ces

derniers temps – si l'on excepte ma mère en tenancière de salon de thé et la voix d'O dans ma tête – il a été ma seule compagnie.

Ensuite, parce que son apparition prouve que la propriété n'est pas celle d'un magicien. Dans le cas contraire, Fafnir aurait été rapidement grillé (dans tous les sens du terme...).

Cela signifie que les individus qui se cachent dans le parc ne bénéficient d'aucune protection magique.

Ça me soulage (une menace qui disparaît) et me déçoit en même temps (la magie au moins, je maîtrise). Mais ça ne change pas grand-chose. Pour Nina notamment...

Fafnir ayant cessé de faire le fou et s'étant réfugié dans une poche de mon manteau, j'entame une approche silencieuse.

La musique devient plus forte. Elle semble provenir de toutes les fenêtres à la fois. Tant mieux, les trilles du clavecin vont couvrir mon arrivée.

Je comptais me servir d'un arbre comme poste d'observation, mais ceux qui bordent l'antique gentilhommière se révèlent trop éloignés.

Heureusement, la bâtisse est couverte de lierre.

Je choisis une liane épaisse, capable de supporter mon poids. Puis je grimpe à la force des bras, mes chaussures de cuir dérapant contre le crépi de la façade, la sacoche cognant contre la pierre.

Je m'en sors étonnamment bien ! Hop, hop, chevauchant (en tout bien tout honneur) la corde lierre, je parviens en quelques mouvements à la hauteur des premières fenêtres. Sans que les muscles me brûlent, ma respiration à peine plus rapide.

Il y a trois jours, j'avais une épaule démise qui me faisait souffrir le martyre…

J'ai une pensée pour Ombe. J'aurais pu l'impressionner et elle n'est même pas là.

Coup d'œil dans la pièce. Mon cœur part en cloche : j'ai gagné le grelot ! L'étage consiste en une vaste salle décorée de miroirs, de tentures, de tableaux de maîtres. Sur le parquet ciré, des fauteuils Louis XV, des tables de jeu, des tapis somptueux. Et dans les fauteuils, autour des tables, sur les tapis… des vampires.

Une trentaine de vampires habillés de noir, manteaux et pantalons – et pour certaines d'entre eux de robes moulantes, fendues sur des corps superbes !

Je n'avais encore jamais vu de femmes vampires. Mon regard s'attarde longuement…

*« Vas-y, rince-toi l'œil ! Ne te gêne pas !*

*– Hein ? Ombe, c'est toi ?*

*– Qui d'autre ?*

*– Ben, en ce moment, je ne sais plus. J'ai lancé un sortilège d'espionnage intégral et du coup, j'entends pas mal de voix dans ma tête.*

*– La magie, ça craint, je l'ai toujours dit…*

*– Je suis désolé pour tout à l'heure. Je t'ai harcelée avec mes questions. Je t'ai presque reproché d'exister… C'était nul. La seule chose qui compte, c'est que tu sois là. Que tu ne me laisses pas tomber.*

*– Merci, Jasper. Ça me touche. Beaucoup.»*

Je la sens émue, dans son éther. Je chasse le silence avant qu'il devienne envahissant.

*«C'est très chouette de venir me soutenir dans une mission difficile.*

*– Difficile? Mouais, je vois ça. Petit coquin!*

*– Petit… coquin?*

*– Tu bloques de façon bestiale sur tous les décolletés!*

*– Ah! Mais pas du tout, j'évalue simplement la situation…*

*– Pitoyable. Tu mens comme un enfant de six ans. Je t'ai déjà dit que tu avais un problème avec le sexe, Jasper?*

*– Oui.*

*– Et?…*

*– D'accord, d'accord! Que veux-tu que j'y fasse? J'ai toujours été attiré par les filles inaccessibles!*

*– Donc c'est bien pour mater des vamps que tu te les gèles sur un rebord de fenêtre?*

*– Non. Je cherche Nina.*

*– Nina? L'Agent stagiaire? Elle fricote avec les vampires?*

*– Rectification: elle s'est fait enlever par un vampire. Un type qui répond au doux nom d'Aristide.*

*– Tu es sérieux?*

– *Très sérieux.*

– *Il s'appelle réellement Aristide ?*

– *Oui. Et Nina s'est vraiment fait kidnapper.*

– *Si elle ne se cache pas sous les traits glacés d'une pouffe, alors elle n'est pas là. Faut bouger, vieux !*

– *C'est ce que j'allais faire. Je reprenais des forces !*

– *Bien sûr !* »

Je rêve ou les filles ont un sens de plus que les garçons ? Genre : « Inutile de me cacher quoi que ce soit, j'ai deviné ton manège ? »

J'empoigne à nouveau la tige ligneuse de l'*Araliaceae* et accède en ahanant au deuxième étage.

C'est vraiment réconfortant de sentir la présence d'Ombe (bon prince, je ne lui tiens pas rigueur de ses insinuations calomnieuses). J'ai presque l'impression de travailler en équipe.

La nouvelle fenêtre est celle d'une chambre qui sert de débarras.

Personne.

Prenant appui sur le rebord étroit, je me déplace latéralement, lentement (je vais finir par tomber, avec ces bêtises), très lentement.

La pièce suivante est occupée par deux vampires, plongés dans une conversation orageuse. De surprise, je manque basculer en arrière. Je me rattrape *in extremis* au gond d'un volet disparu.

« *Tu les connais, Jasp ?*

*– Le grand costaud, c'est Aristide. L'autre, celui qui a le visage à moitié brûlé, c'est Séverin. Un maître vampire.*

*– Le trafiquant de drogue ! C'est pour son compte que les garous de Trulez gardaient l'entrepôt !*

*– C'est lui aussi qui a essayé de me tuer et que j'ai terrassé avec une crame solaire…*

*– Très drôle ! Ça veut dire qu'il te connaît aussi.*

*– Ouais, je suis grillé !*

*– Jasper… À ton avis, ils parlent de quoi ?*

*– J'en sais rien. La vitre est épaisse. Ça barde, en tout cas. Une chose est sûre : si Séverin est dans le coup, c'est sérieux. Trop sérieux pour moi.*

*– Appelle Rose, demande l'aide de l'Association.*

*– Je voudrais bien, mais… mais j'ai perdu mon téléphone. Autrement tu crois que je serais là, tout seul, à jouer les équilibristes sur la fenêtre d'une maison bourrée de vampires ?*

*– Euh… oui.*

*– Oui ? Comment ça, oui ?*

*– Je te crois capable de tas de choses débiles.*

*– Ah ah ah !*

*– Tu fais quoi, là ?*

*– Je suis en train de m'esclaffer –* what else *?*

*– Au secours… À force d'être lourd, tu vas tomber.*

*– C'est moi qui aimerais bien crier au secours. Et maintenant, je fais quoi ?*

*– Tu n'as pas une jeune donzelle à tirer des griffes d'affreux kidnappeurs ?*

*– Si, bien sûr. Je dois retrouver Nina, c'est ma priorité.*

*– Article 8 : "L'aide à un Agent prime sur la mission en cours."*

*– Chef, oui chef !*

*– Alors au boulot, soldat !* »

Abandonnant les deux vampires à leur véhément conciliabule, je regagne la fenêtre ouvrant sur le débarras et retrouve le lierre.

Je me hisse au dernier niveau.

La margelle, plus large, me permet de poser un genou et de souffler avant de regarder à l'intérieur. Gagné : dans la soupente mal éclairée, cinq humains sont assis sur le sol, attachés les uns aux autres, les mains dans le dos et les yeux bandés ; bâillonnés.

Parmi eux, je reconnais la silhouette gracile et les cheveux roux de Nina.

« *Tu es tombé sur le garde-manger, vieux.*

*– Et sur le garde garde-manger…* »

Sur une chaise, près de l'entrée, un vampire a l'air de s'ennuyer immortellement.

Quelles sont les options ?

Je surgis dans la pièce, je parviens – je ne sais comment – à neutraliser le vampire et à détacher les prisonniers.

Ensuite ?

– Si les bruits de la lutte n'ont pas attiré les deux vampires du deuxième étage ou les trente autres du premier, je continue dans un murmure, j'exfiltre, dans le silence le plus complet, les humains par l'extérieur, grâce à une corde que je ne possède pas…

*« Pas terrible comme plan.*

*– C'est ce que je me disais aussi.*

*– Au fait : un vampire a l'ouïe fine et le regard perçant. Comment ça se fait qu'ils ne t'aient pas encore repéré ? »*

Je secoue mon poignet. La pierre et le bois gravés de runes font gling-gling.

*« C'est magique, Ombe.*

*– Tu as d'autres tours dans ton sac pour sauver ces malheureux ?*

*– Pas eu le temps. Les événements me sont tombés dessus comme les reproches de Walter sur un pauvre stagiaire.*

*– Jolie, l'image !*

*– Je savais que ça te plairait. »*

Je sors Fafnir de ma poche. Quelle que soit la solution envisagée ou la décision prise, je manque cruellement d'informations : configuration intérieure de la maison, nombre exact de vampires, emplacement des portes…

Sans oublier le sorcier, Otchi, que je n'ai pas encore vu.

Est-ce qu'il est reparti, est-ce que les vampires l'ont enfermé ? Éliminé ?

– 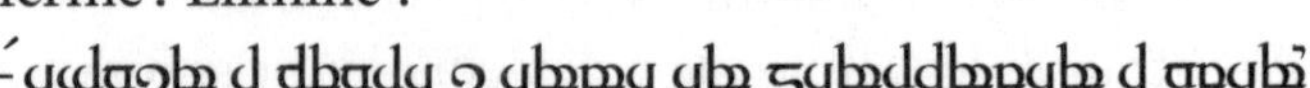
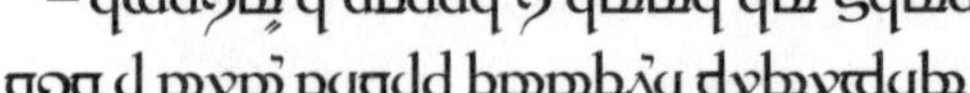 *Fafnir… A cenda i arta ar mardoryar… A nyarë nin… A tuwë yando ettelëa curuvar…* Fafnir… Observe la forteresse et ses habitants… Raconte-moi… Et trouve le magicien étranger…

Le scarabée bourdonne et s'éloigne. Je sais qu'il parviendra à pénétrer dans la maison. Il ne me reste plus qu'à me montrer patient.

Je m'installe plus confortablement sur le rebord de la fenêtre.

*« On attend, alors ?*

*– On attend.* »

Je ramène machinalement le col de mon manteau autour de mon cou et serre mon écharpe. Mais je n'ai pas froid. Pourtant, ma respiration s'échappe en volutes de buée. Je me demande si c'est toujours l'action du collier protecteur, ou un trop-plein de magie qui met mon corps en surchauffe.

Je sors ma bouteille d'eau et apaise ma gorge irritée avec une longue goulée d'eau glacée.

*« Pourquoi tu ris, Ombe ?*

*– Pour rien. Et puis je ne ris pas. Je me dis qu'on forme une fine équipe, tous les deux. Ou tous les trois, si tu comptes ton scarabée enchanté.*

*– Une fine équipe, oui. Dans laquelle c'est moi qui fais tout le boulot !*

*– Tu recruterais qui pour nous aider ? Si tu pouvais choisir celui ou celle que tu voudrais ?*

*– Mademoiselle Rose, sans hésiter.*

*– Pas Walter, pas le Sphinx ? Même pas Erglug ?*

*– Non, mademoiselle Rose. C'est bête, je sais, mais c'est la seule personne avec qui je me sens totalement en sécurité.*

*– Ce n'est pas bête, Jasper. Et c'est un excellent choix.*

*– Ouais. Seulement elle n'est pas là et je suis seul. Cela dit sans te vexer…*

*– Tu ne me vexes pas. Tu me rends triste, c'est tout.*

*– Je suis désolé…* »

Silence. Je prends une grande respiration et mon courage à deux mains.

« *Ombe… Qu'est-ce que tu voulais dire, tout à l'heure, avec ton : "Je pensais que tu avais compris ?"*

Silence.

« *Ombe ?*

*– Ouais, je suis toujours là. C'est juste que… je regrette d'avoir dit ça. C'était stupide.*

*– Ce n'était pas stupide. Juste incompréhensible.*

*– Laisse tomber, c'est pas important.* »

Je me mords les lèvres. Je crois au contraire que ces mots, lancés sans réfléchir, ont une vraie importance. Comment convaincre Ombe d'en dire davantage, sans la brusquer ? Sans provoquer sa fuite ? Car la dernière chose dont j'aie envie en ce moment, c'est de me retrouver seul.

« *Tu m'expliqueras, un jour ?* »

Et voilà, je bats en retraite. La prise de risque, c'est pas ton truc, hein, Jasper ? Toujours prêt à escalader une fille, enfin, une maison pour sauver une fille, mais incapable d'en affronter une qui pourrait te laisser sur le carreau…

« *C'est promis, Jasper.* »

Je me tortille sur mon rebord inconfortable. Pourvu que Fafnir fasse vite, je n'ai pas franchement envie de passer toute la nuit ici !

*« Hey, ça va, Jasp ? Je vois tes paupières qui se ferment. Si tu t'endors, tu tombes !*

*– Je ne dors pas, Ombe. J'ai seulement un coup de barre.*

*– Tu veux que je te raconte des histoires drôles ?*

*– Tes histoires ne sont jamais drôles. Si tu veux vraiment que je reste éveillé, chante-moi plutôt un truc. Un truc qui dépote.*

*– D'accord. Mais tu l'auras voulu…*

Filling my soul with rage
Just one spark in my heart
To damn this world flames…

– … My burning fate seething with hate
To set this world a fire…

*– Hey, tu chantes plutôt pas mal, Jasp !*

*– Je joue dans un groupe, t'as oublié ? Et puis je te l'ai déjà dit, ne m'appelle pas Jasp !*

– … All will burn, nothing spared
From my incineration…

– … Decimate, to devastate
Path of annihilation[1]… »

1. *Fear Factory*, « Oxidizer ».

# Prise de tête

*J'ai lu quelque part (je ne sais plus où, mais pas dans les* Préceptes de hussard *et encore moins dans mes* Livres de Savoir*) que « tout le drame de la vie est dans la recherche des êtres. »*

*J'ai un peu de mal à saisir le sens exact de cette phrase, mais elle me touche, au-delà de la compréhension. Cela fait seize ans que je suis seul !*

*Je ne suis pas honnête...*

*Il y a ma mère, heureusement. Et puis Jean-Lu et Romu. Mademoiselle Rose et Walter – même s'ils ne comblent pas grand-chose en ce moment. Arglaë (ou plutôt la possibilité d'Arglaë). Il y avait Ombe-pour-de-vrai (faussement présente), il reste Ombe-pour-de-faux (mais vraiment là).*

*On ne peut pas dire que je suis abandonné ! Alors, pourquoi ce sentiment ?*

*Si je le savais, je ne me prendrais pas la tête avec.*

*Une autre phrase m'a fait réfléchir. Elle est la suite logique de la première : « Un homme se révèle par la façon dont il supporte la solitude. » Ça pète bien. Ça donne envie de redresser la tête, de rallumer son regard. C'est une belle phrase, sûrement pleine de vérité. Mais putain, je ne suis pas un homme ! Enfin si, ce n'est pas ce que je voulais dire...*

*La solitude m'est familière, elle ne me fait pas peur.*

*Il me semble, néanmoins, qu'avant d'être seul, on devrait être accompagné, pour voir la différence.*

*Heureusement, j'ai retenu une troisième phrase : « Vivre, c'est apprendre à se passer de tout, en restant capable de tout accueillir. » Elle est aussi alambiquée que les deux autres, mais il souffle dessus comme un petit vent d'espoir.*

*Et j'en ai actuellement bien besoin.*

# 13, rue du Horla

**Troisième étage – Club philatéliste / Appartement de mademoiselle Rose**

– Pourquoi tu veux redescendre, sorcière ? Personne ne t'attend en bas.

– J'ai dormi un moment, c'est tout ce que j'avais à faire ici.

– Donne-moi des nouvelles, avant de partir ! Tu m'as mis l'eau à la bouche. Je suis excité comme jamais !

– Et ça devrait me donner envie de te faire d'autres confidences ?

– Tu es seule, sorcière. Parler à quelqu'un, c'est important.

– Tu sais pourquoi j'ai pris l'habitude de me confier à un démon enchâssé dans un miroir ?

– Parce que je suis muet comme une tombe ? Et que, dans le fond, tu m'aimes bien ?

– Je t'ai terrassé alors que tu t'apprêtais à torturer une fillette, juste après avoir tué sa mère ! Comment peux-tu imaginer un instant que je t'aime bien ?

– Nous sommes esclaves de notre nature, sorcière. Selon mes propres critères, tuer et torturer ne constituent pas un crime. Ce serait même plutôt l'inverse…

– C'est exactement pour ça que je déverse mes peurs, mes doutes et mes colères contre cette glace. Parce que tu les absorbes sans me juger et – c'est un comble pour un miroir ! – sans me renvoyer une image insupportable.

– Moi qui croyais que tu attendais de moi que je dise que tu es la plus belle ! Alors, ces nouvelles ?

– Tu es exaspérant…

– S'il te plaît, sorcière !

– J'ai essayé de joindre Jasper. Son portable sonne mais il ne répond pas.

– Il s'est peut-être mis dans une situation périlleuse dont il a le secret…

– J'espère que non, parce que pour l'heure, il ne figure pas dans mes priorités. La disparition de l'Agent stagiaire Nina m'inquiète davantage. Si c'est le genre de Jasper de ne pas répondre au téléphone et de bouder dans son coin, ce n'est pas celui de Nina. Nina a parfois des problèmes avec la hiérarchie, mais elle est plus respectueuse du protocole…

– Et Jules ?

– J'attends toujours le rapport de Jules, parti aux trousses du chamane oyun et du vampire. J'espère qu'il ne s'est pas fait repérer.

– Jules est doué dans son domaine... qui est justement de ne pas se faire repérer !

– Je sais. C'est également un garçon réfléchi, mais les pouvoirs de l'Oyun me préoccupent. Je connais mal l'aspect chamanique des pratiques occultes et je ne sais pas de quoi cet homme est capable.

– Chez nous, on ne dit pas : « Choisir entre la peste et le choléra » mais « Choisir entre un chamane et le magicien gris »…

– Je ne serai rassurée qu'après avoir entendu la voix de Jules. Quelles que soient les nouvelles qu'il m'annonce.

– Et le reste, sorcière ?

– La routine, démon, pour une fin du monde ! Une série d'agressions impliquant des vampires, une bataille rangée entre clans rivaux de lycans, des tombes profanées par des goules hystériques, des gobelins surgissant de terre comme des rats de leur cave… Jusqu'à la Créature du lac, que des irresponsables non identifiés ont tourmentée avec des explosifs sous-marins ! Il n'y a guère que les trolls pour rester tranquilles. Qu'est-ce que je peux faire contre cette recrudescence de troubles fomentés par des Anormaux surexcités ?

– Ah, ce sentiment d'impuissance ! Cette colère que je sens bouillonner en toi ! À ta place…

– Tu n'es pas à ma place, démon. La colère, effectivement, voudrait que j'intervienne partout et brutalement. Mais elle est mauvaise conseillère. Je dois au contraire concentrer mes faibles moyens sur des objectifs précis et agir en douceur : laisser les Agents auxiliaires enquêter sur le Sphinx et sur l'affaire du fourgon attaqué ; retrouver Nina, parce qu'elle est sous ma responsabilité ; suivre la piste du chamane, qui nous aidera peut-être à déchiffrer l'avalanche d'événements qui nous submergent…

– Là, je suis avec toi à cent pour cent. Il ne faut pas laisser ce gars dans la nature !

– Sur ces bonnes paroles, démon, à demain !

– « Démon, à demain »… Tu as fait exprès ? Tu progresses. Ah, tu peux laisser la lumière en partant ? Je n'aime pas rester dans le noir.

# 9

Une clameur sourde m'environne. Le bruit de mille gorges.

J'essaye de comprendre où je me trouve. Pourquoi je suis accroupi.

Mes mains sont plantées dans le sable. Je fais le dos rond. Comme un chat.

Comme un tigre.

Je tourne la tête.

Des palissades en bois forment un vaste cercle et je suis au milieu. Au milieu d'une arène. Offert aux regards avides d'une foule dispersée dans les gradins.

Une foule d'ombres, droites et immobiles, drapées dans de longs manteaux noirs.

Les ombres grondent et c'est cette clameur rauque que j'entends.

Je me redresse.

La muraille de poutres et de madriers, maltraitée par des coups de griffes et de dents gigantesques, s'entrouvre pour laisser entrer deux hommes bardés de cuir et de métal, qui brandissent une hache et une épée.

Des colosses, couturés de cicatrices.

Je n'ai pas d'armes, pas de bouclier, mais ce sont eux qui tremblent.

Je n'ai pas peur. Je m'avance vers eux.

Ils se précipitent en hurlant. Lents et maladroits.

Une décharge d'adrénaline m'envahit. Je laisse un sourire s'épanouir sur mon visage. J'évite le premier et je fais craquer son crâne comme une coquille de noix. J'intercepte le second en plongeant ma main dans sa poitrine. J'arrache son cœur et je le jette dans la foule.

Tourbillon de manteaux noirs et feulements hystériques. Frénésie de piranhas géants sur un morceau de viande.

« Je suis le commis sanglant, le fil d'une épée d'acier blanc, d'une lame damassée aux reflets de cauchemar, la hache au manche noir, le bouclier bavard, le casque au cimier grimaçant ! »

Quatre nouveaux guerriers surgissent de nulle part. Mon rire prend possession de l'enclos. Je tourbillonne au milieu des combattants, éventrant, égorgeant, arrachant.

Maculant de rouge le sable clair de l'arène.

« Je suis le rapace avide, l'épervier vorace, le fléau splendide, le râle d'hommes qui sont encore et presque morts, la grogne des linceuls, la mandragore, la main qui déchire les chairs, la gueule qui dévore les corps... »

Huit entrent encore, puis seize, puis trente-deux. Je ne compte plus. Le sang poisse mes mains, alourdit mes vêtements. Je n'en ai cure. Inlassablement, impitoyablement, je décime les guerriers qu'on m'envoie. Sans ressentir de fatigue. Sans éprouver de regret.

Juste la joie. L'intensité de l'affrontement, l'excitation croissante des spectateurs.

« Je suis la montagne qui bouge, le vent tambour, le fleuve qui s'allonge... Je suis la fleur rouge qui court et qui ronge... »

Lorsque l'arène est remplie de cadavres, quand je ne parviens plus à marcher sans glisser sur les flaques de sang, je pousse à mon tour un hurlement, qui rebondit contre les murs de bois et auquel répondent des vociférations enthousiastes.

J'ai triomphé.

Et je lève les bras vers le ciel rouge.

Ce n'est pas normal.

Je vais...

# 10

Un bruit insolite.

Comme une porte qui claque.

Je me réveille en sursaut.

Combien de temps je suis resté endormi ? Pas assez pour tomber, heureusement. Je raffermis mes prises sur la façade glacée.

« *Ombe ? Tu es là ?* »

Pas de réponse. De toute façon, elle m'ignore toujours quand c'est moi qui essaye d'établir le contact. N'empêche, c'est pas très sympa de sa part. Elle aurait pu rester et m'obliger à garder les yeux ouverts. Je me coltine déjà tout le sale boulot dans l'équipe, elle pourrait au moins donner un coup de main, euh, de tête ; de pensée, quoi !

Un regard dans la pièce suffit à me faire comprendre qu'il s'est passé quelque chose. Les prisonniers sont à la même place, mais ils s'agitent et se tortillent, affolés. Leur gardien a disparu. Enfin, je distingue une jambe dans le couloir. La jambe d'un homme (ou d'un vampire...) étendu sur le sol.

J'appuie mon front contre la vitre, pour mieux voir. À ma grande surprise, elle se dérobe et je manque basculer en avant; la fenêtre est entrouverte. C'est son battement que j'entendais et qui m'a tiré de ma somnolence.

Je pose un pied sur le plancher.

Les prisonniers gémissent. Attachés, bâillonnés, aveuglés.

Je vais les libérer, bien sûr. Mais avant, je dois sécuriser le périmètre. C'est ce que font les policiers dans les films. Je ne sais pas trop ce que signifie « sécuriser un périmètre » mais je décide de commencer par vérifier à qui appartient la jambe, dans le couloir.

Parfait exemple d'humour macabre, la jambe n'est plus qu'une jambe.

Ce que je veux dire, c'est qu'elle a cessé d'être la partie d'un tout pour devenir un tout à elle seule. Je ne suis pas clair? C'est une jambe arrachée, quoi! Une jambe de vampire, à en juger par la texture du sang, plus épais que celui des humains.

J'ai juste le temps de me retourner et de me plier en deux pour ne pas vomir sur mes chaussures. Ignoble...

Je me gifle pour ne pas défaillir. Ce n'est pas le moment de jouer les chochottes.

Je contourne le membre ensanglanté pour rejoindre l'escalier.

Pas un bruit. Nulle part. Même le clavecin s'est tu. Qu'est-ce qui se passe, bordel ?

Je ferme les yeux, non pour jouer l'autruche ou parce que je tourne de l'œil, mais pour contacter Fafnir. Lui, il m'expliquera !

– 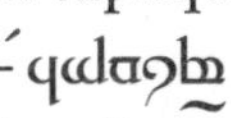 *Fafnir ?* Fafnir ?

Au silence banal qui suit mon appel, je comprends qu'il ne répondra pas. Soit parce qu'il y a dans la maison un truc qui fait interférence. Soit parce que je suis trop angoissé pour me concentrer convenablement. Soit encore parce que...

Je refuse d'envisager cette solution. Fafnir est malin, il s'en est forcément sorti !

En attendant, c'est à moi que revient de faire l'état des lieux et je regrette tout particulièrement, à cet instant précis, l'existence d'un article 10 qui stipulerait quelque chose comme : « Les Agents travailleront toujours en binôme... »

J'inspecte le deuxième étage. Il est désert.

Multipliant les précautions, je descends jusqu'au premier.

Où je découvre que la jambe arrachée n'était qu'un minuscule hors-d'œuvre...

Des dizaines de vampires gisent sur le parquet d'époque, éventrés et réduits en charpie. Baignant dans une mare (une mer) de sang.

Comme une composition silencieuse et figée.

Genre nature morte.

Putréfaction ! Heureusement que j'ai vomi à l'étage, sinon le haut-le-cœur qui me prend m'aurait fait rendre tripes et boyaux ! Je hoquette malgré tout. Un désagréable goût de bile emplit ma bouche.

Qui a bien pu perpétrer un carnage pareil ?

Des loups-garous ? Les loups-garous détestent les vampires. Mais il en serait resté sur le champ de bataille (les Longues Dents sont des combattants redoutables) et apparemment – sauf s'ils ramassent leurs morts – ce n'est pas le cas.

Des trolls ? Pas leur genre de se battre contre des vampires. Et puis ils les auraient bouffés au lieu de les laisser en pâture aux rats !

Quelque chose me chiffonne (au sens figuré, cette fois) : à première vue, les meurtriers (je fais partie d'une Association qui considère les Anormaux comme des êtres à part entière, incluant le statut potentiel de victimes qui va avec) n'ont pas laissé de traces.

Je regrette une fois de plus la perte de mon téléphone ; j'aurais volontiers pris une photo de la scène macabre. Parce que mademoiselle Rose ne voudra jamais croire à mon histoire, même ramenée à des dimensions raisonnables.

En tout cas, la voie est libre.

Je ferme hermétiquement les portes du salon (inutile que des humains normaux découvrent le massacre en quittant le manoir). Poussé par le même souci, je planque la jambe arrachée en la poussant (du bout du pied, beurk !) dans une pièce vide du deuxième étage.

Et là je prends subitement conscience que le (ou les) auteur(s) dudit carnage a (ont) volontairement épargné les prisonniers.

Je dis « le » parce qu'une idée s'est imposée à moi tandis que je camouflais la scène de *scream*, euh, de crime : et si c'était Otchi qui avait fait ça ?

À moins qu'il soit enseveli sous les cadavres de vampires, le sorcier ramené par Aristide n'est plus sur zone (autre expression, utilisée dans les films d'action, que je trouve classe). Bien sûr, Otchi a également pu s'échapper, ou bien être conduit ailleurs. Mais il reste suffisamment redoutable pour faire figure de suspect numéro Hun.

Seul Fafnir pourrait lever le voile du mystère. Il le fera peut-être, si j'arrive à contacter cet espion qui m'émeut.

Pour l'heure, je dois m'occuper de Nina et de ses compagnons d'infortune.

– Mmmh ! Hummmf ! Gnnnmm !

Évidemment, si j'étais, moi aussi, prisonnier de vampires, je me débattrais en hurlant sous mon bâillon en sentant quelqu'un me toucher…

– Nina, c'est moi. Calme-toi. C'est Jasper ! Je suis venu te tirer de là.

Je lui enlève le bandeau qui masque ses yeux et dénoue le chiffon qui lui écrase la bouche. Elle hoquette, respire plusieurs fois très fort avant de me fixer avec des yeux immenses et verts (superbes…), sans y croire.

– Jasper ??

– Arrête de gigoter, je n'arrive pas à te détacher.

Je m'énerve sur les entraves qui lui lient les mains et les pieds. La vache, celui qui a fait les nœuds a serré comme un malade ! Je suis obligé d'y mettre les dents, mais je viens à bout des ligatures.

Sitôt libre, Nina se jette sur moi.

Elle me prend dans ses bras, me serre à m'étouffer.

– Là…, je dis bêtement. Ça va, tu ne risques plus rien. Respire.

En même temps, je lui frotte le dos comme si je voulais la réchauffer (c'est peut-être con mais c'est le seul truc qui me vient pour la rassurer).

Il existe sûrement, au plus profond de la nature des garçons, un commutateur qui met leur cerveau en panne dès qu'une fille se met à pleurer.

– J'ai eu si peur…, balbutie-t-elle. Quand le vampire m'a capturée dans le métro… Et puis cette horrible maison…

– C'est fini, je la calme à voix basse en soufflant sur ses cheveux qui me chatouillent la joue. Les vampires qui vivaient là ont été… éliminés.

Elle se décolle enfin. Je dis enfin parce que, si c'était agréable de l'avoir contre moi, avec son odeur de fille, le temps presse. Les cadavres, en bas, ont peut-être des copains bien vivants qui pourraient débarquer sans crier gare.

En plus, j'ai enlevé mon bracelet de discrétion pour m'occuper de Nina ; je n'aurais pas la possibilité de me cacher dans un coin...

Mais je n'ai aucune envie de m'esquiver. Au contraire, je me sens rempli d'énergie et de détermination ! Je dois impérativement mettre à l'abri Nina et les autres prisonniers.

– Tu te sens mieux ? je lui demande.

Elle hoche la tête.

– Tu te sens capable de m'aider ? je continue, plus pour l'obliger à penser à autre chose que par réelle nécessité.

– Tu as besoin de mon aide ? Mais pourquoi ? Où sont les autres ? me demande-t-elle en balayant les alentours du regard.

– Les autres ? Quels autres ?

– Ben, les autres, les vrais Agents ! Ceux qui sont venus nous délivrer, ceux qui ont tué les vampires !

Je soupire en secouant la tête.

– Il n'y a personne d'autre, Nina. L'Association ne sait même pas que nous sommes ici. J'ai perdu mon téléphone et... c'est une longue histoire. Mais il n'y a que nous deux. Et eux, je termine en désignant du menton les autres prisonniers.

L'Agent stagiaire Nina, dont je ne connais même pas le nom et encore moins les pouvoirs (pour mémoire, l'article 6 : « L'Agent ne révèle jamais ses talents particuliers. »), me lance un regard surpris.

– Tu veux dire que c'est toi qui... les vampires ?

– Non ! Oh, non... Moi je t'ai vue dans le sac, quand Aristide a quitté le métro. Je vous ai suivis. Ensuite, il s'est passé quelque chose dans cette maison, quelque chose de bizarre et d'horrible, mais je ne sais pas quoi. Quand je suis passé à l'action, les vampires étaient déjà morts.

– Aristide ? Il s'appelle Aristide ?

– S'appelait. Et ne me regarde pas comme si j'étais cinglé ! Je te jure que j'ai dit la vérité.

Elle hésite puis reprend la parole, d'une voix hésitante.

– Tu es venu me sauver ? Tu as risqué ta vie pour moi ?

– Article 8, Nina : « L'aide à un Agent en danger prime sur la mission en cours. »

– Ça n'enlève rien à ton courage... Je m'en veux, si tu savais comme je m'en veux d'avoir écouté la rumeur !

– La rumeur ? Quelle rumeur ?

– Comme quoi tu n'aurais aucun pouvoir, que tu aurais triché pour entrer dans l'Association, tout ça pour impressionner les filles. Je sais, c'est nul, mais c'est ce qui se disait !

– Ah bon ? je trouve seulement à répondre. On ne parlait pas de mes exploits contre les vampires, les démons, les mages noirs ?

– Ben… Non.

Je commence à comprendre que, pour disposer d'une légende qui tienne la route, il faut la bâtir soi-même. Et donc avoir un solide plan de com !

Mais toute légende réclame, pour traverser les siècles, de ne pas être fauchée dans ses balbutiements. Et c'est ce qui risque d'arriver si on traîne…

Les autres captifs s'avèrent être les membres d'une même famille. Le père, la mère et leurs deux fils, des adolescents hébétés, encore sous le choc de leur capture.

– Qu'est-ce qui s'est passé ? demande l'homme en essayant de réconforter les siens. Qui êtes-vous ?

Quelques semaines plus tôt, j'aurais bombé le torse, exhibé fièrement mon appartenance à l'Association et commencé un interminable récit dans lequel je me serais donné le premier rôle. Mais « les épreuves ne valent que si elles prouvent notre valeur », tempère Gaston Saint-Langers, et j'ai mûri, coup dur après coup dur.

Enfin, disons pour plus d'exactitude que je mens mieux…

– Je marchais dans la rue quand j'ai entendu des cris, j'invente, sous le regard intrigué de Nina. La grille était ouverte, je me suis approché de la maison, j'ai poussé la porte et j'ai exploré les étages. Jusqu'à vous trouver. Qu'est-ce qui est arrivé ? Qu'est-ce qui se passe, ici ?

Je ne vais quand même pas leur révéler qu'en bas tout est sang dessus dessous…

Le pauvre homme se lance dans le récit de leurs malheurs, soutenu par les hochements de tête de sa femme.

Ils venaient de garer leur voiture dans le parking souterrain d'un centre commercial, au cœur de Paris, quand les lumières se sont éteintes. Des individus ont surgi de la pénombre, se sont emparés d'eux et les ont emmenés dans cette étrange bâtisse.

– Vous êtes sûr qu'il n'y a personne ? me demande-t-il, blanc comme un linge. J'avais pourtant l'impression qu'il y avait une fête.

– Et puis on a entendu du bruit, ça ressemblait à une énorme bousculade, ajoute sa femme qui serre toujours contre elle les deux garçons.

– Je n'ai rien vu, je confirme en croisant les doigts dans mon dos, autant pour couvrir mon mensonge que pour éloigner le mauvais sort. Mais les hommes qui vous ont enlevés pourraient très bien revenir ! Il faut s'en aller, tout de suite.

Je n'ai pas besoin d'insister. L'heure n'est pas à la mamouchka dans le manoir de la famille Addams. Personne ne tient à profiter de l'ambiance fétide des lieux…

Je prends la tête de l'expédition et nous dévalons les escaliers jusqu'à la porte principale.

Guidé par la lumière des réverbères, je traverse le parc en courant, les Pas-de-bol et Nina sur mes traces. Je me sens nettement mieux une fois dans la rue, mais je ne ralentis vraiment qu'en arrivant devant la station RER.

Quand je me retourne, tout le monde est hors d'haleine.

Moi pas.

– Voilà, vous ne risquez plus rien, je dis au chef de famille. Nina… euh, la jeune fille ici présente, va vous accompagner jusqu'à Paris et…

– Hors de… question, souffle Nina pliée en deux à la recherche de son souffle. Je ne… te quitte pas… d'une semelle.

Sans considération pour les épreuves qu'elle vient de subir, je la prends par l'épaule et l'entraîne à l'écart. À la trolle (mais sans couverture à étaler contre un arbre…) !

– Je dois continuer l'enquête, je lui dis en pointant le « dois ». Rentre chez toi, tu as eu ton compte d'émotions pour la journée ! Je sais que tu es un Agent et que tu te sens impliquée. C'est louable et légitime, mais je t'assure que je peux me débrouiller seul.

– Ça n'a rien à voir, avoue-t-elle, l'instant de surprise passé, en vissant ses yeux dans les miens et en s'accrochant à moi. Je n'ai pas envie de rester seule… Avec toi je me sens en sécurité.

C'est bien la première fois que j'entends une chose pareille ! D'habitude, c'est moi qui suis en demande de protection : mademoiselle Rose, Erglug, mes sortilèges nombreux et (a)variés (parfois)…

Elle insiste :

– Ne m'abandonne pas, Jasper. S'il te plaît !

J'ai parlé, déjà, des pleurs et du commutateur enfoui au cœur des hommes ?

Eh bien, il faut ajouter aux larmes la détresse, qui semble avoir le pouvoir de transformer n'importe quel garçon en héroïque chevalier servant.

Parce que je ressens tout à coup le besoin impérieux de protéger cette fille.

– D'accord, d'accord. On reste ensemble.

De toute façon, après avoir jeté des regards inquiets dans notre direction, la famille Morte-de-peur s'est éclipsée, jugeant sans doute notre comportement un brin déroutant.

Comment leur en vouloir ? J'espère seulement qu'ils n'appelleront pas la police trop vite. Pas avant que l'Association ait le temps de nettoyer le foutoir.

– Tu as ton téléphone ? je demande à Nina.

– Euh… on me l'a pris quand on m'a capturée. Désolée !

– Tu connais le numéro d'urgence par cœur ?

– Je l'avais enregistré sur mon portable. Il est plutôt difficile à retenir…

– Impossible de contacter l'Association, alors. C'est embêtant. Très embêtant.

D'autant plus embêtant que le seul moyen qui me reste de joindre mademoiselle Rose, c'est d'utiliser un charme de communication. Avec cette fille qui s'accroche à moi comme un Post-it sur un frigo, cette solution semble compromise.

– Tu as vraiment perdu ton téléphone ? me demande Nina.

– Je l'ai oublié dans un café. Je t'ai déjà dit de ne pas rire !

– Je ne ris pas. J'ai trop froid pour ça. Tu n'as pas froid, toi ?

– Non.

Nina tremble, en effet. Elle n'est pas bien épaisse. Petite et mince. Bien foutue, je le remarque seulement. Jolie. Si on aime les rousses... Nina a de superbes yeux verts (je l'ai déjà dit ?) qui ressortent sur un visage doux, piqueté çà et là de taches de son. Ses cheveux sont coupés dans le cou. Elle porte une écharpe crème. Un gros bleu s'étale sur une pommette.

– Qu'est-ce que tu regardes ?

– Rien, je m'empresse de répondre. Les... les vampires t'ont frappée, on dirait.

Elle baisse la tête et enfonce plus profondément les mains dans son blouson de cuir.

– Aristide... Il m'a giflée. Très fort. J'ai perdu connaissance...

Je ne dis rien. J'ai assisté à la scène, en direct.

Salaud de vampire ! S'il n'était pas déjà à l'état de compote sanguinolente, je l'aurais brûlé avec joie !

– Ça te fait mal ?

Elle fait non, puis me questionne à son tour :

– Tu as une idée sur la façon dont on va retrouver le gars au tambour ?

J'en reste coi.

– Quoi ?

– Ben oui, le petit gars tout chauve qui joue du tambour. Je le suivais, à la demande de mademoiselle Rose. J'ai été enlevée au moment où il s'est mis à jouer de son truc, devant trois hommes qui le menaçaient. Tu le filais toi aussi, non ?

Alors ça, c'est la meilleure ! Mademoiselle Rose confie une mission de cette importance à une… gamine, et elle me tient à l'écart ? M'ignore superbement ? Non mais dites-moi que je rêve !

– Bien sûr, je réponds après avoir toussoté. Sinon, comment j'aurais assisté à ton enlèvement ?

– Logique, acquiesce-t-elle.

– Quant aux trois hommes menaçants que tu as vus, j'ajoute sur le ton de la confidence (avec l'air de celui qui en sait beaucoup), ils travaillaient pour l'Association.

– Travaillaient ?

Sa voix est montée dans les aigus. Ça lui apprendra à se prendre pour une espionne !

– Sache que le gars au tambour, comme tu l'appelles, porte le nom d'Otchi et que c'est un sorcier. Les autres n'avaient aucune chance.

J'ai volontairement utilisé un ton lugubre, qui provoque l'effet désiré : Nina se serre à nouveau contre moi.

*« Bravo, Jasper. Quelle technique ! C'est tout ce que tu as trouvé pour attirer les filles : leur faire peur ? C'est lamentable !*

*– Ombe ! Tu… tu es là depuis longtemps ?*

*– Suffisamment pour assister à ta prestation douteuse !*

*– Tu es dure.*

*– Si quelqu'un me semble dur, c'est toi… Qu'est-ce qu'elle en pense, la petite ?*

*– Mais… Ma parole, tu me fais une crise de jalousie !*

*– Moi, jalouse ? Jalouse d'une greluche accrochée à un blaireau comme un morpion sur* (CENSURE) *?*

*– Elle s'appelle Nina. C'est un Agent stagiaire, comme moi… et comme toi. Elle a passé une très mauvaise soirée. Je pense qu'elle n'a pas besoin de ta mauvaise humeur !*

*– …*

*– Ombe ?*

*– …*

*– Ombe !*

*– Ouais, bon, d'accord, je suis désolée, ça te va ?*

*– Ça me va. »*

– Jasper ? Tout va bien ?

Nina m'observe, inquiète.

– Oui, ça va, pourquoi ?

– Pour rien. Tu avais l'air… carrément ailleurs.

– Je réfléchissais.

– Et ça donne quoi ?

– J'ai un plan pour retrouver Otchi… Eh, tu trembles toujours ! On va descendre dans la station. Je ne sais pas s'il y fait chaud mais on échappera au moins au vent.

Elle me lance un regard plein de gratitude, prend les devants et dévale les marches.

Je n'essaye pas d'appeler Ombe. Je sais seulement que, même s'il lui arrive de s'absenter (et pas forcément au bon moment), elle ne me laissera pas tomber.

Ça suffit pour me redonner un peu du moral dont je vais avoir bien besoin, une fois listés les nouveaux problèmes que je me trimballe comme des trophées : une assemblée de vampires assassinés, un dangereux sorcier en fuite, une fille dont je me trouve promu garde du corps, et, pour coiffer le tout, l'impossibilité de contacter l'Association.

Comme dirait le philosophe troll Hiéronymus : « Y a pas que dans la mer que tu peux être plongé jusqu'au cou… »

# Post-it

*Les nuits sans lune, les choses faites sont mal faites.*

# 13, rue du Horla

**Deuxième étage – Bureaux de l'Association**

– Allô ? Mademoiselle Rose ?

– Jules ! J'attendais ton appel avec impatience !

– C'est que je… je… je ne sais pas quoi dire. C'est… carrément dégueu !

– Calme-toi, Jules. Respire. Qu'est-ce qui se passe ?

– J'ai suivi la piste du chamane et du vampire, comme vous me l'aviez demandé. Du parc Francescano jusqu'à la petite banlieue, *via* le RER, cette piste m'a conduit à une maison en plein milieu d'un parc mal entretenu, rempli d'arbres, d'ombres et de grognements bizarres. Je ne m'y suis pas engagé tout de suite. Vous m'aviez dit d'être prudent !

– Tu as bien fait, Jules. Continue.

– Donc j'étais là, près de l'entrée, à me demander ce que j'allais faire, quand j'ai entendu des hurlements. Ça provenait de la maison. C'étaient des hurlements atroces, qui glaçaient le sang ! Il y avait aussi le bruit d'une énorme bagarre.

– Qu'est-ce que c'était ?

– J'en sais rien parce que je me suis enfui… J'ai rebroussé chemin jusqu'au RER. Vous m'aviez laissé seul juge des décisions à prendre !

– Du calme, Jules. Je ne te reproche rien. Seul compte pour moi le fait que tu t'en sois sorti.

– Je vous ai entendue soupirer ! Mais je n'ai pas fini. Parce que, devant le RER, j'ai eu honte de moi… Comment est-ce que je pourrais être Agent à part entière, plus tard, si je déguerpis au premier signe de danger ? Alors je suis revenu sur mes pas.

– Bravo ! Je suis fière de toi.

– Vous voyez bien, mademoiselle Rose, que ma première réaction était nulle !

– Pas du tout, Jules. Je sais faire la différence entre le courage et la témérité. Tu as bien fait de battre en retraite quand tu ne te sentais pas prêt. Et tu as bien fait, aussi, de changer d'avis au moment où tu devais le faire. J'aurais désapprouvé que tu te lances tête baissée dans le premier guêpier venu. Et j'aurais été déçue si tu avais renoncé pour de mauvaises raisons. Maintenant… Dis-moi ! Pourquoi as-tu dit que c'était « dégueu » ?

– Je suis revenu sur mes pas. Les hurlements avaient cessé, la bagarre également. Je ne suis pas entré dans le parc par la grille principale. J'ai entrepris une vaste manœuvre de contournement. Ça m'a pris du temps mais j'ai trouvé un endroit pour franchir le mur. Je me suis approché de la bâtisse par l'arrière et j'ai repéré un lierre qui grimpait jusqu'à une fenêtre du premier étage. Les carreaux étaient cassés. Je suis monté et j'ai découvert une salle, avec des miroirs brisés et des rideaux déchirés. Une grande salle. Et des vampires. Sur le parquet. Par dizaines. Tous morts.

– Morts ? !

– Morts. Baignant dans leur sang. Dégueu, je vous dis !

– …

– J'ai paniqué. J'ai sauté par la fenêtre. Et puis j'ai vomi contre un arbre.

– …

– Mademoiselle Rose ? Vous êtes toujours là ?

– Oui, Jules, excuse-moi. Morts, tu disais ? Et le chamane, le joueur de tambour ?

– Aucune idée. Je n'ai pas pris le temps de visiter la maison ! Et vous savez pourquoi ?

– Non, mais j'imagine que tu vas me le dire.

– Parce que ça sentait le soufre…

– Le soufre ? Tiens donc.

– Vous ne me croyez pas !

– Je te crois, Jules, mais… c'est étonnant. Très étonnant.

– C'est ce que j'ai pensé. Le mot « dégueu » m'est venu

aussi très rapidement ! Juste avant celui de « fuite », rapport au soufre. Qu'est-ce que vous allez faire ?

– Dans l'immédiat, envoyer une équipe de nettoyeurs. C'est le plus urgent. Ensuite…

– Ensuite ?

– Le chamane, s'il a échappé au massacre, a pu laisser des traces.

– Je n'ai pas vérifié. Comme je vous le disais, je…

– Fais-le. Ça relève de tes compétences. Et si tes recherches s'avèrent positives, je veux que tu reprennes la traque.

– Ah bon ? Plus de « comme je le sens » et « je reste seul juge » ?

– Je suis désolée, Agent stagiaire Jules. Les états d'âme, c'est fini. La situation exige de remettre la main sur cet Oyun. Il est évident, à présent, que les événements que nous connaissons en ce moment sont tous, d'une manière ou d'une autre, liés à cet inquiétant personnage. Je pourrais te faire relever par Jasper ou Nina, si j'arrivais à les joindre ! Comme ce n'est pas le cas, je n'ai pas le choix et tu t'y colles.

– C'est vrai ? Pas de nouvelles de Nina ?

– Rien pour l'instant. Mais elle est toujours ma priorité, je te le promets.

– Bon… Je vais faire le maximum, mademoiselle Rose.

– J'attends de toi un rapport toutes les heures.

– Vous pouvez compter sur moi.

– Je sais. À tout à l'heure, Jules.

# 11

La station est presque déserte. On s'assied sur un banc, en bout de quai.

L'écran annonce le prochain départ dans quinze minutes. Largement le temps de souffler pour Nina. Et, pour moi, d'entrer en contact avec Fafnir.

Si le sortilège est toujours actif.

Et si ma nouvelle coéquipière me laisse les mains libres !

Ce qui n'est pas gagné puisqu'elle se serre contre moi, en frissonnant.

– Brrr, il fait à peine meilleur qu'en haut !

– Tu trouves ? je réponds. Tu exagères, c'est supportable.

Mon manteau est déboutonné et mon écharpe bâille. Je la défais complètement et la tends à Nina.

– Tu as vu comme tu te fringues, aussi ? je lui dis d'un ton critique. C'est joli, une veste en cuir cintrée, mais ce n'est pas chaud. Mets ça.

Elle hésite puis s'empare de l'écharpe.

– Je devais juste suivre le petit bonhomme dans le métro. Il n'était pas prévu que je reste des heures dehors à me geler. Mais... merci, Jasper !

– De rien.

– Alors ? continue-t-elle en l'enroulant autour de son cou.

– Alors quoi ?

– Ton plan. Pour continuer la mission.

– Ah ! c'est que... C'est délicat. Je dois... Autant être franc avec toi : je ne peux pas agir tant que tu es là !

– L'article 6 ?

– L'article 6.

– Je comprends, dit-elle en hochant la tête gravement, puis en se levant. J'espère seulement que ça ne sera pas trop... spectaculaire, termine-t-elle en me montrant les quelques personnes sur le quai.

– Ne t'inquiète pas, je réponds, rassuré par son attitude. Ça devrait prendre cinq minutes. Reste dans le coin.

Je plonge aussitôt mon visage dans mes mains, en essayant d'avoir l'air pensif ou fatigué pour ne pas attirer l'attention. Je murmure les quelques mots quenya destinés à mon scarabée espion. Pourvu que l'échec de ma dernière tentative soit lié aux circonstances particulières !

– *Fafnir… Ma hlaratyë ni?* Fafnir… Tu m'entends ?

Silence. Je serre les dents, m'attends au pire.

Puis le silence change de texture. Il devient plus profond.

Mon appel a créé un couloir au milieu des ténèbres. Un vortex à mon seul usage. Avec Fafnir à l'autre extrémité.

– *Man felmelya?* Est-ce que tu vas bien ?

Le pauvre ! Qu'a-t-il vu, qu'a-t-il subi pendant que je dormais derrière la fenêtre ? Il a sûrement ressenti un choc, lui aussi, en découvrant la maison transformée en charnier.

Ce bête sortilège de localisation commence à occuper une sacrée place. Nous avons traversé des épreuves ensemble. Il m'a aidé, je l'ai aidé. On s'est épaulés comme des camarades.

Aussi, quand je capte une onde de réponse mêlant affection et reconnaissance, je me sens soulagé. Soulagé de le savoir en vie (ou quoi que ce soit d'autre qui y ressemble...).

– *Massë nat?* Où es-tu ?

Un éclair illumine l'intérieur de mon crâne. Je sursaute, comme si je sortais d'une somnolence. Tout à coup, je distingue une rue sombre. Puis un porche d'immeuble. Fafnir est perché devant, sur un panneau de sens interdit.

Mais chaque chose en son temps.

– 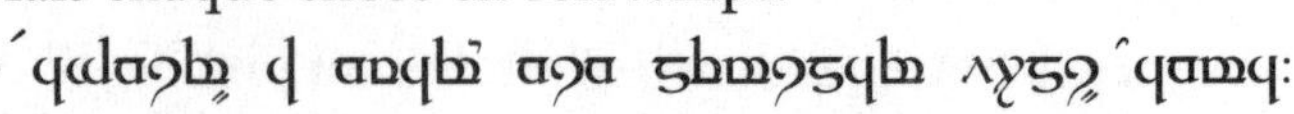
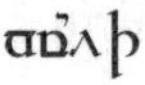 *Fafnir… A nyarë nin metimar lumi… Hantanyël!* Fafnir… Raconte-moi les dernières heures… Merci !

Fafnir est-il seulement capable d'effectuer un retour en arrière et de me montrer le film des événements passés ? Est-ce que je lui en demande trop ?

Il me fait payer mon manque de confiance en m'envoyant des images en noir et blanc, muettes de surcroît (à moins que l'altération soit due au rembobinage…).

Un carreau de fenêtre manquant, au dernier étage. C'est par là qu'il est entré dans le manoir.

Une pièce vide, une porte ouverte, un couloir, des marches qui plongent dans les entrailles du bâtiment.

Fafnir se pose brusquement sur un tableau qui représente une mer agitée.

Un vampire fait son apparition dans les escaliers. Visiblement contrarié. Je le reconnais : c'est Aristide. Fafnir attend avant de le suivre et il fait bien, car un second vampire surgit à son tour. Un vampire portant sur le visage les traces d'une vilaine brûlure. Séverin…

Fafnir leur emboîte le pas.

J'ai l'impression de visionner un reportage amateur, tressautant et mal cadré ! Direction la grande salle où se tient le bal des vampires.

Les buveurs de sang bavardent en petits groupes.

Dans un coin se tient Otchi, le chamane percussionniste, avec sur les lèvres son indéboulonnable et énigmatique sourire. Les vampires gardent avec lui une distance que j'ai du mal à interpréter : mépris ? crainte ?

Aristide le rejoint et, sous le regard désapprobateur de ses congénères, parle à Otchi, en exprimant un regret manifeste.

Je relie immédiatement cet événement à la scène qui s'est déroulée entre Séverin et lui, à l'étage. Scène à laquelle j'ai assisté en direct, de l'autre côté de la fenêtre. Ça chauffait drôlement. Si mon interprétation est exacte, Séverin a désapprouvé l'initiative d'Aristide. Otchi n'était pas le bienvenu chez les vampires et c'est sans doute ce qu'Aristide est en train d'expliquer au petit homme.

Mon cœur bat plus fort. Est-ce que le sorcier va se vexer, s'énerver et éventrer tout le monde ? Je retiens mon souffle.

Mais non. Pendant que Séverin, mécontent, reprend l'escalier en direction de la sortie (il a échappé au massacre, celui-là ; il y a un dieu pour les salauds !), Otchi semble se ranger aux arguments d'Aristide, posant en retour une simple question qui décontenance le vampire. Finalement, Aristide sort un calepin de sa poche, griffonne quelque chose dessus, arrache la page et la lui tend.

– Zoom, zoom dessus, bon sang, je murmure.

Mais Fafnir ne zoome pas et le papier disparaît dans la manche d'Otchi qui remercie Aristide avec deux trois courbettes avant de gagner à son tour le rez-de-chaussée.

Comme je le supposais, le sorcier a survécu. Mais contrairement à mes supputations, il n'est pas l'auteur de la tuerie.

Fafnir s'apprête à lui filer le train quand, alerté par une menace invisible, il se retourne. Les vampires se sont tus. Ils fixent l'escalier desservant les étages, une expression inquiète sur le visage. Inquiétude qui vire à l'effroi, tandis que l'image transmise par Fafnir tremble, hoquette et déraille.

Fondu au noir.

Fin de la retransmission.

J'émerge du petit film en battant des paupières.

Qu'est-ce que tout ça veut dire ? Je récapitule silencieusement, tandis que Nina m'observe, à quelques mètres du banc :

**1.** Otchi n'était pas le bienvenu chez les vampires et Aristide a commis une erreur en le ramenant dans leur quartier général.

**2.** Séverin occupe un poste important dans la hiérarchie des vampires puisqu'il s'est permis d'engueuler Aristide et a obtenu qu'Otchi quitte le manoir.

**3.** Comme je le supposais, Otchi est un sorcier puissant, suffisamment en tout cas pour qu'une assemblée de vampires préfère le chasser plutôt que lui régler son compte.

**4.** Otchi a obtenu d'Aristide une information (un nom ? une adresse ?) très certainement en rapport avec la raison de sa présence à Paris (Walter ?).

**5.** L'auteur du carnage était à l'intérieur de la maison.

**6.** Il a fichu une telle pétoche à Fafnir que celui-ci en a oublié d'enregistrer la scène.

**7.** Si Fafnir s'en est tenu à mes directives et puisqu'il a réchappé du massacre, il a forcément suivi Otchi...

– Jasper ?

Je me retourne vers Nina.

– Mmmh ?

– Le train arrive. Qu'est-ce qu'on fait ?

– On monte, je dis en me levant. Notre cible est à Paris.

Se détachant avec netteté, les détails de la première scène envoyée par Fafnir brillent à présent sur l'écran de ma mémoire. Un nom sur une plaque, un numéro en fer forgé : 1857, rue Allan-Kardec.

Nina me regarde.

On s'est assis l'un en face de l'autre, dans un wagon presque vide.

– Jasper ?

– Quoi ?

Je suis tellement persuadé qu'elle va me prendre le chou avec mon don que je réponds sèchement, pour la décourager d'aller plus loin.

Peine perdue.

– Je voulais te demander... continue-t-elle après une hésitation.

– Si c'est au sujet de mes talents particuliers, on en a déjà parlé ! je soupire.

Elle secoue la tête.

– C'est par rapport à Ombe.

Je reste un moment sidéré. Je m'attendais à tout sauf à ça.

– Ombe ? je réponds en toussotant.

– On raconte, parmi les stagiaires, que tu l'aimais bien.

Misère...

– Je, hum, oui, c'est vrai. Mais... pourquoi tu me dis ça ?

Elle se mord les lèvres.

– Sa... disparition a dû te faire un choc. Moi, c'est pas pareil. Sa... perte nous a tous touchés, les stagiaires. Mais je ne la connaissais pas beaucoup. Le seul souvenir personnel que j'ai d'elle, c'est une séance d'entraînement aux arts martiaux. Elle m'a mis une raclée que je ne suis pas près d'oublier !

Je ne peux empêcher un sourire d'éclore sur mes lèvres. J'imagine la scène !

En fait, je n'avais pas pris conscience que les liens qui unissaient Ombe à l'Association n'étaient pas seulement constitués de Walter, mademoiselle Rose et de moi. Les stagiaires l'avaient également tous connue, et tous avaient partagé des petits bouts de sa vie.

– Je voulais te dire que… j'étais désolée pour toi, poursuit Nina, visiblement affectée. Je n'ai pas eu l'occasion de le faire avant. Mademoiselle Rose nous avait interdit de te rendre visite à l'hôpital. Ensuite, les missions se sont enchaînées et…

Je lui prends la main. Elle se tait, surprise.

– Merci, Nina, c'est gentil.

Elle me renvoie un sourire un peu pâle. Je retire ma main, appuie ma tête contre la paroi du wagon et fais semblant de m'assoupir, mettant un terme à cette embarrassante situation.

C'est la première fois que j'évoque Ombe avec quelqu'un. Ça me fait tout drôle. D'autant plus drôle que si, pour les autres, Ombe est morte, ce n'est pas le cas pour moi. Enfin, pas tout à fait.

Pratiquant ce que je fais de mieux après les calembours moisis et les sortilèges détonants (ou l'inverse), je m'empresse donc de fuir. Je repousse dans un coin de ma tête les pensées qui me mettent mal à l'aise et renoue le contact avec Fafnir.

– 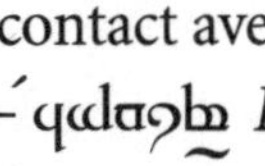 *Fafnir?* Fafnir?, je murmure, le plus silencieusement possible.

Mon scarabée répond aussitôt. Le projecteur se met en marche et les images se bousculent à nouveau dans ma tête. Des images en couleurs. Soit Fafnir a cessé de m'en vouloir, soit le noir et blanc est la marque exclusive du passé.

En tout cas, il n'a pas changé de place : il est toujours perché sur son panneau, devant le numéro 1857 de la rue Kardec.

Qu'est-ce qu'il attend pour bouger, ce flemmard ?

– 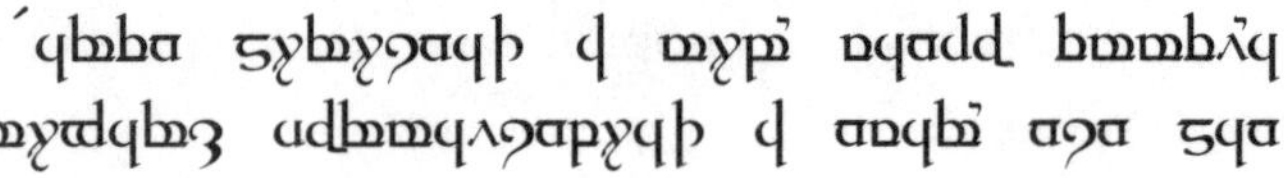
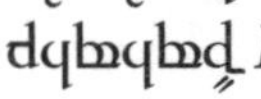 *Faren muruina ! A tuwë yando ettelëa curuvar, hortalinqua ! A nyarë nin man cararo…* Assez roupillé ! Trouve le magicien étranger, en vitesse ! Raconte-moi ce qu'il est en train de faire !

Je sens une hésitation. Une appréhension.

Puis la force de mon commandement (ou la volonté de me faire plaisir…) prend le dessus et Fafnir se déplace jusqu'à la porte cochère.

Là, bourdonnant devant l'interphone, il marque un temps d'arrêt. J'en profite pour lire les plaques en cuivre vissées les unes au-dessus des autres :

« Dr Marteens, proctologue, 2e étage – Sur rendez-vous ».

L'assemblée vampirique n'ayant pas dégénéré en partie fine, je ne vois pas Otchi recourir aux sévices d'un tel praticien.

« Dr Folamour, ongles incarnés, retours d'affection, 5e étage – Consultations à toute heure ». Même remarque !

« Cercle littéraire amateur réservé aux Vieilles Patates, 3e étage ». Bonjour, moi Otchi, touriste de Sibérie, vouloir apprendre à éplucher correctement langue de la France ! Non, pas ça non plus.

Ah ! Voilà : au premier étage, un « Cénacle spirite ». Ça semble plus dans les préoccupations d'un sorcier, les esprits. Mais pourquoi ? Pourquoi maintenant, pourquoi si brusquement ? Et pour quoi faire ?

Réponse à l'étage.

Fafnir repart et vole pesamment le long de la façade.

Première fenêtre, un étudiant noyé dans ses cours.

Deuxième fenêtre, une cuisine dans laquelle s'active un père de famille, bombardé de mies de pain par trois gosses en état d'hyperactivité évidente.

Troisième fenêtre… Rideaux. Tirés. Des rideaux épais dissimulant quelque étrange cérémonie. C'est là ! Fafnir me retransmet d'ailleurs une longue plainte et des cris. Vite ! Tout en bas du tissu masquant la scène, un rayon de lumière. Mon scarabée se précipite et… Euh… Non, finalement, ce n'est pas là. C'est seulement une chambre à coucher. Je sens mes joues qui s'empourprent.

Penaud, Fafnir se déplace jusqu'à la quatrième fenêtre.

Cette fois, aucun doute. Les rideaux de velours rouge sont à peine tirés sur une pièce haute de plafond, éclairée par des bougies blanches de différentes tailles. Le parquet est consciencieusement ciré et les rayonnages, fixés aux murs, débordent de livres anciens.

Une table ronde, lourde, en bois sombre, occupe le centre.

Cinq personnes sont assises autour et se tiennent la main : quatre dames respectables auxquelles on aurait donné l'hostie sans confession, habillées avec le goût d'un autre âge, et Otchi qui, avec son crâne sans poils, ressemble à une marionnette de cire.

– ***Les esprits vous écoutent, grand maître. Exposez votre requête.***

C'est une des femmes qui vient de parler. Sa voix est étouffée par l'épaisseur du vitrage, mais il me semble bien l'entendre trembler.

Pourquoi a-t-elle appelé Otchi « grand maître » ? Peut-être qu'il en connaît un rayon en matière d'esprits. Je ne suis pas très au fait des spécialités mongoles.

Otchi remercie son hôtesse d'un signe de tête et prend la parole. Sa voix est grave et puissante. La langue qu'il utilise grince dans l'air comme une craie sur un tableau…

– A Gimba sharkû, Gûli, snagahaïishi…

Un irrépressible frisson me parcourt. Fafnir, lui, tremble carrément. Quant aux spirites, elles ont brusquement pâli. D'où provient ce dialecte ? De Sibérie ? Non. Il y a quelque chose d'elfique dans les inflexions. Un elfique corrompu. Ou bien terriblement archaïque. Le pire, c'est qu'à la réflexion, je suis sûr d'avoir déjà entendu cette langue…

Les événements me ramènent auprès du Cénacle qui, à mon avis, est en train de vivre avec Otchi sa plus étonnante expérience.

La table se met à fumer.

À exsuder des volutes blanchâtres, des formes spectrales d'une inhabituelle densité.

L'une des participantes pousse un cri d'effroi et sert les mains de ses plus proches consœurs, à se faire blanchir les jointures.

***– Nous répondons à ton appel, Oyun. Mais tu as peu de temps. Nos mouvements sont épiés.***

C'est un spectre qui a parlé, d'une voix chuintante et en français. Je reste estomaqué par ce prodige. L'Ami des Morts, dont le *Livre des Ombres* m'a servi à arracher des lambeaux (de paroles) à un cadavre dans le tréfonds d'une morgue, n'a jamais mentionné le cas de spectres parlants. Otchi est fort. Très fort.

Les formes brumeuses glissent dans la pièce, à la recherche peut-être d'une porte de sortie. L'esprit reprend la parole :

***– Je n'ai pas le droit de dire, mais je peux écrire. Celui que tu cherches sera à cette heure-là à cet endroit.***

Avec ses doigts flous, il trace quelque chose de bien réel sur le parquet. Des chiffres et des lettres, que je distingue à peine.

Otchi se penche avidement et hoche la tête. Pas mieux de mon côté : Fafnir est trop loin. Je grommelle de dépit.

Le sorcier se tourne vers les silhouettes vaporeuses, pour les remercier sans doute ou leur donner congé, quand un inquiétant crissement se fait entendre.

Le bruit d'une abominable déchirure.

Puis une fissure apparaît au centre de la table, dévorant le bois qui devient charbon.

Avec une étonnante vivacité, Otchi rompt le cercle et saute de sa chaise pour se précipiter à l'écart.

Sous l'œil médusé des spirites.

Qui ne voient pas les racines ténébreuses jaillir de la crevasse.

Bon sang, mais qu'est-ce que c'est que cette horreur ? D'où ça sort ? Des racines grosses comme le bras, tordues et torturées, longues comme des fouets et noires, plus noires que la plus sombre des obscurités…

Elles s'abattent d'abord sur les vieilles dames, s'enroulent autour d'elles en suintant un goudron visqueux, aspirant leur vie et consumant leurs vêtements. Leurs hurlements s'éteignent au fur et à mesure que leur chair se liquéfie.

En quelques secondes, les membres du Cénacle spirite de la rue Allan-Kardec sont devenus des cadavres calcinés, figés dans l'horreur à la façon des victimes des volcans.

Les lianes ignobles poursuivent les spectres et les terrassent, indifférentes à leur inconsistance. Elles les attirent vers la fissure où ils se dissolvent en gigotant affreusement.

Je ne sais pas si les esprits ressentent encore la douleur, mais j'espère que non, parce que ceux-là sont en train de passer un sale quart d'heure.

Quand les racines infernales fondent sur Otchi, telles des hydres furieuses, je retiens mon souffle.

Je comprends à ce moment précis que – comme d'habitude – mes sentiments ne sont pas franchement clairs.

D'un côté, je souhaite voir le sorcier aspiré à son tour dans le néant, victime expiatoire de la force maléfique qu'il a inconsidérément réveillée ; parce que ça mettrait Walter définitivement à l'abri de ses intentions, quelles qu'elles soient.

De l'autre, je voudrais qu'il s'en sorte ; Otchi m'effraye, c'est vrai, mais il me fascine tout autant. J'avoue volontiers que j'aimerais en apprendre davantage sur lui. Et de lui ! Un sorcier avec autant d'esprits pourrait bien apporter – enfin – une explication à la survivance d'Ombe…

Indifférent aux soubresauts de mes pensées, Otchi fait courageusement face aux griffes ténébreuses dressées devant lui.

Il a en main son petit tambour rouge qu'il bat frénétiquement, accompagnant la cadence avec une mélopée ressemblant davantage au grondement d'un fauve qu'à une berceuse pour enfant.

Les racines hésitent. Je remarque qu'elles se racornissent par endroits, qu'elles se sclérosent. Corrodées de l'extérieur. Un effet de la magie d'Otchi ? D'une présence prolongée hors du monde de ténèbres où repose l'entité maléfique qui les a envoyées ?

Frémissant de colère, elles disparaissent brusquement dans la fissure où elles sont apparues.

Le sorcier titube, s'appuie contre le mur. Cet affrontement semble l'avoir considérablement éprouvé.

Il ouvre la porte et accorde un dernier regard aux cadavres calcinés encore agrippés à la table.

– ***Dangereux jouer avec esprits, vieilles femmes.***

Il se glisse dehors.

En même temps qu'une main se pose sur mon épaule.

J'émerge en sursaut de mes visions fafniriennes et j'attrape le bras qui me secoue.

– Aïe ! Arrête, tu me fais mal ! Ouf, tu as une sacrée force, dis donc !

– Nina ? Je suis désolé ! Je m'étais endormi, je mens. Tu m'as fait peur…

– Je voulais simplement te dire qu'on arrive à Paris. Où est-ce qu'on descend ?

Je regarde mon équipière comme si je la découvrais. Elle est vraiment mignonne ! Est-ce que ça fera une différence quand on sera en présence du redoutable joueur de tambour, ou bien face aux racines d'un arbre de l'enfer ? Aucune idée. Mais tant qu'à risquer sa vie, autant que ce soit en compagnie d'une jolie fille.

« *Et je t'interdis de faire la moindre remarque !* je lance silencieusement à l'attention d'Ombe.

– *Je n'ai rien dit.*

– *Donc, tu étais là…*

– *Bien sûr, où veux-tu que je sois ?*

– *Ben… Je ne sais pas. Ailleurs !*

– *Ça t'arrangerait, hein ? Je vois bien ton petit jeu !*

– *Jalousie, quand tu nous tiens…*

– *Détrompe-toi. Je ne suis pas jalouse. C'est une chouette fille, en définitive. J'ai aimé sa façon de te dire qu'elle compatissait à ta peine.*

– *À ma peine ?*

– *C'est évident. Elle interprète tes absences comme de la tristesse.*

– *Alors qu'elles ne sont que des dialogues.*

– *Avec des gens ou des choses invisibles.*

– *D'accord. Mais si tu n'es pas jalouse et si tu l'aimes bien, c'est quoi, ton problème avec Nina ?*

– *Je suis inquiète.*

– *Inquiète ?*

– *Elle te déconcentre. C'est ce qu'il peut y avoir de pire. On relâche son attention et…*

– *Je vois ce que tu veux dire. Promis, je ferai attention… Merci de t'inquiéter pour moi.*

– *De rien. On est liés, pas vrai ?*

– *On dirait bien, Ombe. On dirait bien…* »

Je sors un plan de métro de ma besace.

– On descendra à la station Mary-Shelley, je réponds à Nina.

– Tu es sûr de savoir où on va ?

– Au numéro 1857 de la rue Allan-Kardec. C'est là-bas qu'on retrouvera notre piste. Toute chaude…

– Tu frissonnes, Jasper. Tu veux que je te rende ton écharpe ?

– Non, non, garde-la. Je n'ai vraiment pas froid. Pas froid du tout…

Est-ce que c'est utile de préciser que je n'ai pas faim non plus ? Si je n'avais pas déjà vidé le contenu de mon estomac dans le manoir, j'aurais contribué, avec ce que m'a montré Fafnir, à repeindre le wagon ; en relief…

## Prise de tête

*La mort. La mort… J'ai lu quelque part que c'est cette prise de conscience – savoir qu'on peut mourir, ou plutôt cesser de vivre – qui marque le passage de l'enfance à l'état adulte.*

*Je ne sais pas si c'est vrai et je m'en fous.*

*J'ai le souvenir, gamin, d'une rue descendue à fond sur mon vélo. Elle débouchait sur une route, et, si une voiture était passée à ce moment-là, je ne serais pas ici à me prendre la tête (et celle des autres). J'étais alors inconscient du danger et la notion même de risque n'existait pas pour moi.*

*C'était amusant, c'était excitant, voilà tout.*

*C'est pour cette raison qu'il n'y a jamais de héros parmi les gamins. Parce que pour pouvoir défier le danger, il faut savoir qu'il existe.*

*Est-ce qu'aujourd'hui je remonterais sur le vélo pour m'élancer dans la pente? Sûrement pas. D'abord parce que le vélo serait beaucoup trop petit. Ensuite parce que j'ai autre chose à faire que m'emplafonner une bagnole : sorciers méchants, démons ricanants, vampires baveux, j'ai l'embarras du choix!...*

*On peut vivre sans penser à la mort. On peut aussi vivre en pensant à elle.*

*Je ne dis pas être obsédé par elle, non. Mais simplement se rappeler qu'elle est là, pas loin. Juste à côté. Histoire de ne pas gaspiller sa vie.*

*C'est ce que j'ai choisi de faire. De toute façon, puisque la mort existe, c'est idiot de l'ignorer.*

*On a souvent le sentiment qu'on ne peut pas mourir. Parce qu'on imagine que la mort nous attend loin devant, tout au bout. Au bout de quoi?*

*On se dit: je n'ai encore rien fait, ma vie est si vide, c'est impossible que tout s'arrête brusquement. Eh bien si, c'est possible. Ce n'est pas parce qu'une vie est vide qu'elle ne peut pas être courte.*

*C'est pour ça que, malgré les injustices de Walter ou les indifférences de mademoiselle Rose, et même si les missions qu'on me confie débouchent généralement sur des situations délicates, ma vie d'Agent (stagiaire) de l'Association me convient parfaitement.*

*Je sais que, demain, je pourrai rejoindre Ombe, je n'aurai pas sur la conscience le poids d'une vie insipide...*

# 13, rue du Horla

**Troisième étage – Club philatéliste / Appartement de mademoiselle Rose**

– Réveille-toi, démon.

– Je ne dors jamais, sorcière. C'est bien mon problème, d'ailleurs. L'éternité paraît encore plus longue.

– Je sais que tu ne dors pas. C'était manière de dire.

– Toi, tu as la tête de quelqu'un qui a reçu une bonne nouvelle !

– C'est vrai. Je me suis dit que partager un peu de positif avec toi me changerait agréablement.

– Ah bon ? Vas-y, je t'écoute. De toute façon, je n'ai pas le choix.

– L'équipe des nettoyeurs que j'ai envoyés au manoir des vampires vient de me faire son rapport. L'Agent stagiaire Jules n'avait pas exagéré… Un véritable massacre. Dommage que le manque de temps ait empêché des investigations poussées.

– Que rapportent les premiers résultats ?

– Les vingt-sept vampires ont tous succombé à une hémorragie.

– Bon sang...

– Chaque corps compte au moins trois blessures fatales. Un vampire a été retrouvé à l'étage, en plusieurs morceaux. Les vingt-six autres victimes se trouvaient rassemblées dans une salle qu'elles n'ont pas pu quitter. L'attaque a été fulgurante. Et d'une sauvagerie inouïe. Je ne m'attarde pas sur les détails, mais…

– Mais ?

– Jules a évoqué dans son rapport une odeur de soufre, que les nettoyeurs n'ont pas relevée. Faut-il incriminer l'imagination galopante d'un jeune Agent stagiaire pressé de rentrer chez lui ou bien le manque de réceptivité des hommes envoyés sur place ? Tu as peut-être un avis. Après tout, le soufre, c'est ton rayon.

– Je souffre d'être enfermé dans ce miroir, ça c'est mon rayon ! Pour le reste… Du soufre, tu dis ? Je ne vois pas. Aucun démon passé dans votre monde n'aurait pu conserver assez de force pour vaincre ces vampires. Tu sais comment ça marche : on s'affaiblit en traversant la Barrière. Je crois plutôt que ton stagiaire a fumé !

– Je me demande qui a bien pu perpétrer ce massacre. Et pour quelle raison.

– Le chamane, sûrement ! Je t'ai dit, sorcière, de te méfier de lui.

– L'Oyun, à la suite d'un désaccord avec ses hôtes ? En l'absence de preuves, je préfère laisser le sujet ouvert…

– J'ai une proposition à te faire.

– N'y pense même pas, démon.

– Tu es seule, sorcière ! Et tu as bien besoin d'aide ! Si tu me libérais de ce miroir, je pourrais traquer ce chamane et...

– Tu seras encore dans ce miroir quand le monde s'écroulera.

– Je cherche juste à me rendre utile.

– En ce cas, reste à ta place, démon. Et puis, je m'en sors très bien. Malgré nos moyens limités, nous avons su réagir avant que la police s'en mêle.

– C'est donc ça l'élément positif que tu évoquais au début de notre passionnante discussion.

– En effet. De plus, la poursuite du chamane a perdu son caractère d'urgence. L'alliance de l'Oyun avec les vampires ne semble plus d'actualité.

– C'est le moins qu'on puisse dire. Eh bien, il ne te reste plus qu'à mettre la main sur Nina et à régler une centaine d'autres problèmes urgents !

– Jules a retrouvé, par hasard, la piste de Nina. Je l'ai transféré sur ce dossier.

– Tu te prives d'un précieux atout, sorcière. De tous les Agents dont tu disposes, c'est le seul capable de remonter jusqu'au chamane.

– Sitôt que Jules aura localisé Nina, je le remettrai sur sa mission initiale.

– Et le Sphinx ?

– Aucune nouvelle du Sphinx.

– Et Jasper ?

– Toujours aux abonnés absents.

– Et Walter ?

– Il continue de faire le mort. Ça y est, tu as terminé ?

– Pour l'instant, sorcière. Rien ne presse, j'ai tout mon temps.

# 12

C'est l'océan infini qui s'offre à moi.

À mes pieds se bousculent les galets d'une vaste plage.

La mer est noire, les pierres ont la couleur des coquelicots écrasés.

Là-haut, des oiseaux de cauchemar dansent dans un ciel laiteux. Nul arbre, nulle plante. Un univers minéral. Même l'eau ne ressemble pas à de l'eau.

« Je suis le titan échoué sur des rivages glacés, aux galets froids, le choc des vagues et puis l'effroi, les vastes flots bruissants de rage... »

Douce musique de mots que je murmure et qui apaisent le chaos de mes pensées.

Des ailerons acérés comme les lames d'une faux fendent la mer qui ressemble à une flaque de mercure. Quelles créatures vivent là-dedans ? J'ai appris à ne jamais avoir de réponse aux questions que je pose. Aussi, je ne vois qu'une manière de le savoir.

Je laisse choir sur les galets l'étrange manteau qui me préserve des embruns crachés par l'océan furieux. J'abandonne également mon pantalon de cuir et ma chemise de soie rouge. Les boutons en cornaline et la boucle de mon ceinturon font un bruit sourd en touchant le sol. Je retire mes bottes aux semelles de fer.

Je suis nu.

La brise trop chaude qui s'est levée vient cingler mon dos. Je fais jouer mes muscles, craquer mes cervicales. Je pousse un cri qui se perd dans le ciel chargé d'éclairs. Puis je prends mon élan et je plonge dans l'océan, qui entre en ébullition.

« Je lèche la sueur qui sourd de mille pores, je hume la peur exhalée par les gouffres noirs, j'entends les cris des hommes hurlant dans la pénombre d'une mer vide, j'écoute la terre qui se tord, la sirène enchaînée qui appelle les pâles désirs au festin de la mort ! »

La côte s'éloigne.

Les redoutables monstres marins viennent droit sur moi. Au dernier moment, ils m'évitent et s'enfuient. Je ris et je me lance à leur poursuite, dans une nage puissante.

Ce sont des requins, des requins noirs plus grands que des voiliers. Je m'amuse à caresser leur peau, froide et dure comme un blindage, atrocement rugueuse. Leurs yeux, ronds et blancs, s'affolent. Ils ont peur. Peur de moi.

Je ris à nouveau.

Une forme massive jaillit des fonds ténébreux. Une baleine grise, gigantesque, venue respirer l'air chaud de la surface.

La meute de requins s'agite mais ne bouge pas. Je suis la cause de cette hésitation. Ils m'attendent.

Je souris à mes monstres. Ils s'élancent alors. La chasse est donnée.

Je sens la vigueur dans mon corps, l'énergie dans mes muscles, le feu dans mes veines. Je sais maintenant que je ne serai jamais fatigué. Je nage à mon tour dans le sillage des prédateurs, fermement décidé à avoir ma part.

À ne pas faire de cadeau.

La proie est vite rattrapée. Les plus féroces lui ont déjà déchiqueté le ventre et un sang tiède couleur d'ambre teinte les flots alentour.

Lorsque j'arrive, les requins renoncent à la curée. Ils s'écartent, craintivement.

C'est bien.

Je m'approche en grondant et mords dans la bête. J'arrache un morceau de chair qui a un goût d'algue pourrie. Je le mâche un moment, puis je le crache au loin.

Comme s'ils n'attendaient que ce signal, mes compagnons de courre se jettent sur le Léviathan et le dévorent en un ballet frénétique.

Je m'éloigne, me laisse porter par la mer, sur le dos.

Je n'ai jamais été aussi bien de ma vie entière.

Est-ce que c'est normal ?

Est-ce là ce que je dois faire ? Rester et devenir moi ?

« Je suis le voyageur sur le port, chuchote le poème, guettant le navire des derniers jours, qui flottera sur les ongles des morts. »

Je n'ai aucune idée de ce que signifient ces mots mais ils me bercent. J'aime.

« Reviens... »

Je tourne la tête. Je suis seul. Le courant m'a entraîné loin du festin.

« Reviens... »

Revenir où ? Qui m'appelle ?

« Reviens... »

Revenir. Oui, je connais cette voix. Aux accents désolés.

Désespérés.

Je dois me réveiller.

# 13

Je ne sais pas quelle heure il est, mais la nuit est bien entamée quand nous atteignons la rue Allan-Kardec.

– J'ai compris comment tu fais, lance brusquement Nina qui s'était tenue silencieuse jusque-là.

– Comment je fais quoi? je dis machinalement en essayant de repérer sur les façades le numéro 1857.

Elle prend une grande inspiration.

– D'abord tu fermes les yeux et tu te concentres. Eh puis, tout à coup, tu sais exactement où il faut aller. Tu es télépathe!

– Bingo, je réponds.

– Ça veut dire… que tu peux lire dans mes pensées?

– Je sais absolument tout de toi, je confirme avec le genre de clin d'œil qui laisse craindre le pire.

Elle rougit affreusement. Je m'empresse de la rassurer avant d'attirer sur moi les foudres d'Ombe, du genre: « De mieux en mieux, Jasper. Et tu vas lui demander une faveur en échange de ton silence ?... »

– Mais non, je te fais marcher. Je ne suis pas télépathe.

– C'est vrai ? Tu es sûr ?

– Tiens, vas-y, pense à quelque chose. Ça y est ?

Elle hoche la tête puis plisse le front, se concentrant pour repousser mon assaut mental.

– Tu penses à un gâteau au chocolat, je dis.

– Perdu !

– Tu vois..., je fais, en prenant note que la passion pour le chocolat n'est pas aussi répandue chez les filles qu'on veut bien le dire.

– Tu me prends pour une débile ou quoi ?

– Crois ce que tu veux, je soupire.

C'est exactement ce dont je n'avais pas besoin : une discussion sans intérêt, alors que je dois être attentif, aux aguets, prêt à tout. Je comprends mieux pourquoi les super-héros sont solitaires !

*« Comme Batman et Robin, par exemple ? Ou bien les Quatre Fantastiques ? Ou encore les X-men ? Tous de grands solitaires !*

*– Ombe ! Il faut toujours que tu te mêles de tout. Je pourrais te citer des dizaines de contre-exemples ! Tu es insupportable.*

*– Tiens... Tu soupires quand Nina te déconcentre, mais venant de moi, ça n'a pas l'air de te déranger.*

*– C'est que… C'est pas pareil, tu le sais bien.*

*– Peut-être. Mais tu lui dois un minimum de courtoisie. Et de respect. Je te rappelle qu'elle a choisi de t'accompagner et de se mettre en danger. Tu pourrais être plus gentil ! Surtout après les paroles qu'elle a eues pour toi dans le métro.*

*– J'en prends bonne note.*

*– J'ai parlé de courtoisie et d'attention, Jasper. Ne profite pas de la situation pour la draguer comme un malade !*

*– Ombe, tu es là ? Je ne t'entends plus !*

*– Jasper ?*

*– Il y a quelqu'un ?*

*– Toi mon vieux, tu ne perds rien pour attendre !* »

Elle est repartie. Je suis assez content de moi.

C'est vrai, quoi. Elle débarque quand ça lui chante et m'assène des leçons de morale à la mademoiselle Rose !

– C'est ça, alors ? reprend Nina avec un timbre désemparé en s'accrochant à mon bras et en me regardant avec d'immenses yeux tristes. Je suis une débile ? Tu crois que je suis moins bien qu'Ombe ? Tu préfères penser à elle, tout le temps, plutôt que de me parler, de m'expliquer ? De me faire un peu confiance… Je suis là, Jasper, en ce moment. Avec toi. Pas elle…

Bon sang !

Cette fille a été assommée par un vampire, retenue prisonnière dans le manoir des horreurs. Elle est encore sous le choc, fragile. Elle tremble depuis des heures et toi tu penses que c'est le froid. Elle n'attend qu'une chose: un peu d'attention. Une raison de se reprendre. Une étincelle pour repartir.

Tu n'es pas un héros solitaire, Jasper. Tu es un idiot égoïste. Et Ombe avait raison de t'engueuler!

*« Désolé, Ombe. »*

Peu importe qu'elle m'entende ou pas. Il faut savoir reconnaître ses erreurs.

– Tu n'es pas débile, je dis en m'arrêtant et en plongeant mon regard dans celui de Nina. C'est moi qui suis nul de te laisser penser ça. Après l'horreur que tu as vécue, je connais pas mal de filles qui seraient devenues hystériques ! Toi, tu as gardé la tête froide. Et tu ne m'as pas laissé tomber. C'est sympa de ta part. Plus que ça: c'est courageux.

Elle m'observe attentivement, pour être sûre que je ne me moque pas. Un grand sourire s'épanouit enfin sur son visage.

– Tu es sincère?

– Oui. Tu es ma partenaire dans cette mission et tu as ma confiance. En échange, Nina, je te demanderai deux choses. D'abord, d'arrêter de parler d'Ombe; ça me perturbe et je n'ai pas besoin de ça. Ensuite, de respecter mes secrets.

Elle me fixe à nouveau, avant de hocher la tête.

– D'accord, Jasper. Tu ne m'entendras plus sur ces sujets. Tu es... un garçon bien.

Un décodeur, s'il vous plaît ! Un garçon bien, dans sa bouche, ça veut dire honnête ? craquant ? sympa ? J'esquisse en retour un sourire assez vague pour ne pas commettre d'impair. Je comprends de plus en plus ce qui me séduit chez les trolles…

La porte de l'immeuble est ouverte. C'est plutôt mauvais signe. Tout comme l'agitation qui règne autour de la loge du concierge.

J'intercepte des bribes de conversation :

– … odeur affreuse de brûlé…

– … cris horribles !… la police a dit que…

Il n'y a pas un instant à perdre. Les forces de l'ordre et les pompiers vont bientôt investir le bâtiment. Pas bon, ça, pas bon du tout !

Je remets discrètement le bracelet runique autour de mon poignet, attrape la main de Nina pour lui faire partager mon sort de furtivité et montre l'escalier en faisant le signe « un » (comme « premier étage » ou bien « on monte »).

Retrouvant des réflexes d'Agent entraîné, elle se glisse sans un bruit derrière moi.

L'appartement où se tenaient les réunions du Cénacle spirite est toujours fermé. Parfait ! Ça veut dire que personne ne sait encore exactement de quoi il retourne. On a une petite longueur d'avance.

Je m'apprête à récupérer dans ma besace le nécessaire magique d'ouverture (et ainsi dévoiler la véritable nature de mes talents…) quand Nina sort une épingle de son soutien-gorge et s'attaque à la serrure.

Qui cède aussitôt, me laissant à peine le temps de déglutir.

– C'est ton pouvoir ? je demande. Ouvrir les portes ?

Elle rit doucement.

– Comme je suis une fille pas toujours sage, mes parents m'enferment souvent dans ma chambre. Il a bien fallu que je me débrouille !

Une fille pas toujours sage ? Le feu me monte au visage, d'autant qu'elle a accompagné son explication d'un clin d'œil qui avait l'air coquin. Nina aurait-elle un côté délicieusement obscur ?

J'entre derrière elle dans l'appartement. Une odeur de chair brûlée nous saute à la gorge, me ramenant à des pensées nettement moins agréables.

– Qu'est-ce que…, commence à dire mon équipière en se protégeant le nez avec mon écharpe.

– Reste là, ne bouge surtout pas ! je la coupe en prenant le chemin de la bibliothèque.

La pièce est bien telle que Fafnir me l'avait montrée.

La table, au centre, est carbonisée et la fissure suinte encore une humeur visqueuse. Les quatre corps calcinés autour restent accrochés par les mains. Des traces de pure noirceur subsistent partout où ont traîné les ignobles et tord-tueuses racines.

Quel que soit celui qui a envoyé ses griffes dans notre monde, il a bien pourri l'ambiance. Et laissé derrière lui une vilaine odeur de soufre, que mon scarabée ne pouvait pas me rapporter.

– Ahhhh !

Je me retourne. Nina n'a pas écouté mes avertissements… Elle contemple la scène, stupéfaite, les yeux agrandis par l'horreur. Puis elle se détourne et vomit violemment. Moi, j'ai déjà vu la scène deux fois. On peut presque dire que je suis immunisé.

Pour ne rien arranger, des sirènes stridentes se font entendre sur une avenue toute proche. Il nous reste à peine quelques minutes.

Nina est repartie dans le couloir.

Je cherche des yeux l'inscription laissée sur le sol par le spectre à l'attention d'Otchi : « Celui que tu cherches sera à cette heure-là à cet endroit », avait-il dit. Je retiens un juron : une racine a partiellement détruit l'information. Je distingue néanmoins les mots « Hôt… » et « Hel… ». Rien sur l'heure à laquelle il est fait allusion.

– Hôt-Hel : Hôtel ? Hôtel Hell, l'hôtel de l'enfer ? je réfléchis à mi-voix.

Je continuerai plus tard. Il est grand temps de tirer notre révérence.

Mais, avant, je dois réagir comme un Agent de l'Association. Car il est clair que mademoiselle Rose ne pourra jamais intervenir avant l'arrivée de la police. Et il y a ici (je ne parle même pas de l'ADN de Nina qui couvre les murs...) des mystères qui ne doivent pas être laissés au regard de tous.

Regrettant encore une fois l'absence de mon portable et de l'appareil photo intégré qui m'aurait permis d'étayer mon futur rapport (qui aura le volume d'une thèse, si ça continue), je sors de ma besace un flacon d'essence maison (quand je dis essence, je pense plante, pas hydrocarbure !) à base d'absinthe, de lavande et de romarin.

L'absinthe et le romarin, qui éloignent les malédictions, sont étroitement liés au monde des morts. La lavande renforce leurs propriétés.

On les utilise également pour les purifications lourdes...

Je ne sais pas comment procèdent les équipes que l'Association envoie pour « nettoyer » les bavures, mais là, l'urgence commande !

Je répands le contenu du flacon dans la pièce, en insistant sur la table et les corps. Puis, courant rejoindre Nina, je lance derrière moi les mots déclencheurs :

– *A urtal, sara olva ar olva nururon ar luinë olva !* Brûlez, plante amère, plante des morts et plante bleue ! *A etemental usquë ar morë !* Chassez la puanteur et la noirceur !

L'embrasement est instantané. Les flammes, blanches, consument livres et mobilier.

– Vite, Nina ! je crie en lui prenant la main et en l'entraînant derrière moi.

– C'est toi qui… l'incendie…? me demande-t-elle en toussant à cause de la fumée.

– Ouais. Je suis doué pour mettre le feu dans les soirées !

Elle ne rit pas. Je vais finir par croire que c'est vrai ce que j'entends autour de moi : mon humour est franchement moisi.

– C'est le protocole, tu le sais, je continue plus sérieusement alors qu'on dévale les marches. Je te rappelle que les Normaux ne doivent pas accéder à une scène de crime Anormale.

Des gens se bousculent dans le hall. La police commence à évacuer les habitants de l'immeuble.

Protégés par l'aura du bracelet, nous nous mêlons à eux pour sortir et profitons de l'attroupement des badauds autour des véhicules de secours pour quitter subrepticement les lieux.

– C'était quoi, là-haut ? me demande Nina d'une voix tremblante.

Je me rends compte que je lui tiens toujours la main.

– Une séance de spiritisme qui a mal tourné, je réponds, sans avoir l'impression de mentir. Ils ont sûrement appelé un esprit, mais c'est un démon qui est venu et qui leur a fait payer le déplacement. Ça puait le soufre, tu n'as rien senti ?

– Si, avoue-t-elle en frissonnant.

Bon, j'ai en ma possession des indices indiquant (pour peu que j'arrive à reconstituer le puzzle) l'endroit où se rendra Otchi. Il me reste à savoir quand. Mais pour ça, une fois encore, je compte sur mon fidèle Fafnir. Car son absence dans l'appartement des ouailles spirites ne peut signifier qu'une chose : il a suivi le sorcier. Je compte d'ailleurs le vérifier dès que possible. C'est-à-dire aussitôt que Nina sera en sécurité chez elle.

– Ça va ? je lui demande. Tu te sens mieux ?

Elle fait un oui fatigué de la tête.

– Tu veux que je te raccompagne chez toi ou tu te sens d'attaque pour prendre un taxi seule ?

Au regard qu'elle me lance, je comprends que j'ai dit les mots qu'il ne fallait pas dire.

– Jasper… Je ne peux pas rester avec toi, cette nuit ?

Hein ???

– Mes parents ne sont pas là en ce moment, m'explique-t-elle en m'agrippant le bras et en levant ses yeux vers moi. Après tout ce qui s'est passé, je n'ai pas envie de me retrouver seule dans un appartement vide.

– Zut ! Zut, zut et rezut ! je m'exclame en me frappant le front. Tu parles de parents… Ma mère m'attendait pour dîner ! Comme j'ai perdu mon téléphone, je n'ai pas pu la prévenir. Ça va être ma fête en rentrant…

Nina se mord les lèvres.

– Je comprends. Tant pis, je me débrouillerai. Après tout, je suis une grande fille ! Un Agent, pas vrai ?

Pour la deuxième fois de la soirée, je ressens le désir puissant de la protéger.

Est-ce qu'elle n'en a pas assez bavé pour aujourd'hui, la malheureuse ?

– Non, laisse, je soupire. Au point où j'en suis... Tu n'as qu'à rester. En priant pour que ma mère soit couchée !

– On peut aussi aller chez moi, si tu préfères...

Bon sang. Pendant seize ans, j'ai espéré entendre un jour cette phrase dans la bouche d'une fille ! Finalement, c'est bien le contexte qui prime.

– Ça serait pire, je réponds. Par rapport à ma mère, je veux dire !

– C'est toi qui vois.

En plus, je dois récupérer des ingrédients dans mon laboratoire, dans la perspective d'un affrontement avec Otchi qui est la moitié d'un homme mais pas le quart d'un sorcier.

– Demain, Nina, j'ai un truc urgent à faire, je la préviens. Tu iras rue du Horla et...

– Tu viendras avec moi ?

– Je t'ai dit que j'étais occupé.

– Alors je n'irai pas, s'entête-t-elle. Je ne veux pas rester toute seule, même trente secondes, tu comprends ?

– J'ai pigé, je réponds, légèrement énervé.

L'air accablé de Nina me ramène à de meilleurs sentiments.

– Bon, je dis après un temps de réflexion (et en me maudissant de ne pas avoir appris par cœur le long numéro crypté de l'Association). Écoute, voilà ce qu'on va faire : sitôt arrivés à la maison, je téléphonerai à un ami sûr qui viendra passer la journée de demain avec toi, avec pour consigne de ne pas te quitter d'une semelle. Ça te va ?

Elle acquiesce. Bien.

– Au fait, Jasper… Quel rapport entre la séance de spiritisme avortée et la piste que tu avais retrouvée ?

La petite finaude ! Ne jamais sous-estimer une fille, même désemparée…

– L'une des personnes carbonisées détenait une information importante, je mens éhontément.

– Ah. L'intrusion démoniaque a un rapport avec ce renseignement ?

– Euh, je réponds, pris de court. Peut-être. Je ne sais pas. Je n'y ai pas encore réfléchi.

Nina se tait, satisfaite. Ma surprise n'était pas feinte. Ma sincérité lui a suffi.

– Tu sais, Jasper…, dit-elle encore au moment où j'arrête un taxi.

Je ferme les yeux, m'attends au pire, certain que mes mensonges à propos d'Otchi, peut-être même mes talents de magicien, sont sur le point d'être démasqués.

– Tu as assuré comme une bête, tout à l'heure, termine-t-elle en me décochant un sourire à faire fondre le plus métallique des garçons.

Ça aussi j'ai toujours rêvé de l'entendre.

Foutu contexte.

Le trajet en taxi jusqu'à l'avenue Mauméjean a été rapide. Je n'ai même pas trouvé le temps d'inventer une explication convaincante à servir à ma mère. Mon seul espoir, c'est qu'elle soit allée se coucher. Ce qui ne ferait que repousser l'engueulade à demain, mais crevé comme je le suis, je saisis l'option à deux mains.

Sur le palier, je fais signe à Nina de rester silencieuse et j'introduis la clé dans la serrure. Le sortilège anti-intrusion apposé sur la porte ne grillera pas mon équipière, puisque je l'accompagne.

Les verrous du système trois-points s'ouvrent sans bruit. Pour la première fois depuis bien longtemps, je ne claque pas la porte derrière moi.

– Ben dis donc, chuchote Nina en découvrant les lieux, ça va pour tes parents !

Mon appartement ne laisse personne indifférent. Il faut dire qu'un duplex de quelques centaines de mètres carrés au dernier étage d'un immeuble cossu, dans un quartier chic de la capitale, avec terrasse gigantesque et piscine chauffée, c'est le rêve de tout le monde. Tout le monde sauf moi. Je préférerais cent fois un deux-pièces n'importe où, mais avec des parents à l'intérieur. Bon, c'est vrai, sauf ce soir.

Jamais content, Jasper.

– Il y avait une chambre d'amis, je dis à voix basse. Mais… disons que faute d'amis, on l'a reconvertie en autre chose ! Alors je dormirai dans le salon et tu prendras ma chambre. Ça te va ?

Nina hoche la tête, sans grande conviction.

Je prends la direction du salon, transformé par mes soins en pièce de vie. C'est là que je mange, que je regarde des films, que je reçois mes copains… et copines, depuis ce soir !

Au moment où je me dis que c'est gagné, que j'aurai le répit auquel j'aspire de toutes mes forces, ma mère surgit de la cuisine.

– Jasper ? Tu étais passé où ? Je me suis fait un sang d'encre ! Tu m'avais promis de ne plus…

Puis elle aperçoit Nina et, interloquée, s'arrête net dans ses reproches. Un mince sourire se dessine rapidement sur ses lèvres.

– Eh bien ! dit-elle. Je crois que j'ai enfin la réponse à beaucoup de questions !

Elle s'avance et, sans manières, embrasse Nina qui m'adresse un regard paniqué. J'y réponds en faisant un geste d'impuissance.

– Je suis la maman de Jasper, se présente-t-elle. Et tu es…

– Nina, madame. Je m'appelle Nina.

– Nina. Laisse-moi te regarder… Mais c'est que mon fils a bon goût !

C'est alors qu'avec une netteté extraordinaire me revient un principe troll épatant : « Chacun dans son jardin. »

Ou quelque chose d'approchant. Bref, heureux les jeunes trolls que leurs parents laissent pousser en liberté !

– Venez, continue-t-elle en prenant Nina par la main et en l'entraînant dans la cuisine. Je vais faire du thé. Jasper ?

– Jasper ? insiste Nina, inquiète de ne pas me voir réagir.

– J'arrive, je grogne.

– On a plein de choses à se raconter, dit ma mère à mon équipière, qui doit à présent amèrement regretter de ne pas être rentrée chez elle, même toute seule.

Point positif (dans les pires situations, toujours, toujours chercher l'élément positif) : ma mère a complètement oublié de m'engueuler.

Je décide d'intervenir. Pour Nina.

– On est crevés, maman. Nina ne rêve que d'une chose, c'est d'aller se coucher.

– Je pense bien ! fait-elle avec un clin d'œil qui provoque chez Nina une brusque rougeur. Seulement, je pars dans une heure. Un taxi vient me chercher pour me conduire à l'aéroport. Ton père a soudainement besoin de moi. C'est bien lui, ça ! Si tu n'étais pas rentré, tu aurais trouvé une lettre qui t'aurait tout expliqué.

Pour changer, je me dis ironiquement à moi-même.

Pourquoi est-ce que je ne suis pas en colère ? Pourquoi, encore une fois, ai-je le sentiment que ce n'est pas moi, l'ado de la maison ?

– Je compte sur vous pour me tenir compagnie jusqu'à mon départ ! continue-t-elle. Vous êtes jeunes, vous n'avez pas besoin de sommeil ! Tu t'intéresses à la gravure sur grain d'orge, Nina ?

Je n'ai jamais vu ma mère comme ça. Elle est surexcitée, un vrai cauchemar… Qu'est-ce qui lui prend ? Bon, c'est aussi la première fois que je ramène une fille à la maison !

En tout cas, l'ébauche de plan qui consistait à laisser Nina avec elle demain vient de s'écrouler lamentablement. Je ne couperai pas à mon coup de téléphone.

– Alors Nina, depuis quand sortez-vous ensemble, Jasper et toi ?

– Eh bien, je…

– Vous vous êtes rencontrés au lycée ?

– C'est-à-dire que…

J'en ai assez entendu. Je quitte la pièce, sous le regard assassin de Nina.

– Je vous laisse entre filles. Appelez-moi pour le thé !

Après tout, que Nina se débrouille ! C'est elle qui a insisté pour venir. Je n'ai pas le temps de gérer ça en plus du reste.

Je m'affale dans le canapé du salon. D'abord, contacter Fafnir.

Pas besoin de me forcer pour fermer les yeux…

– 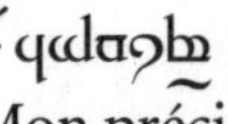 *Fafnir ?* Fafnir ?

Mon précieux espion réagit immédiatement en m'envoyant une série d'images fixes, une succession d'instantanés. Quelle imagination débordante !

Sur ces clichés, je distingue parfaitement Otchi en compagnie de quelques malheureux clochards. Il est assis sur un carton, drapé dans une couverture de laine brodée de symboles – des glyphes puissants, je peux sentir leur pouvoir d'ici !

Je n'ai pas intérêt à me planter, demain.

Comme je l'avais prévu, Fafnir a suivi le sorcier et le tient sous surveillance. Otchi, quant à lui, attend sûrement l'heure du mystérieux rendez-vous fixé par le spectre.

J'abandonne Fafnir sur une consigne simple :

–  *A lamya roma irë ero autuva !* Sonne la corne quand il partira !

Bien. Le coup de fil aux copains, maintenant. L'appel à la (grosse) cavalerie !

Je décroche le téléphone de la maison et compose le numéro de Romu. Après réflexion, je me suis dit que Romu serait plus rassurant pour Nina que Jean-Lu.

Moins lourd, également….

« *Salut salut, bon ben j'suis pas là. Rappelez plus tard. Ciao.* »

Message, quand tu ris… Tant pis, ce sera Jean-Lu.

– *Jasper ? T'as vu l'heure qu'il est ?*

– Ne me fais pas croire que tu dormais déjà !

– *Tu as raison, mec, je surfais sur la Toile. Qu'est-ce qui se passe ?*

– J'ai un service à te demander…

– *Ben voyons.*

– Voilà, j'ai une copine à la maison qui…

– *TU AS QUOI ?*

– Une copine. À la maison. Et je dois m'absenter demain. Un truc de famille. Elle va rester seule et je me disais…

– *Tu es en train de me dire que tu as réussi à entraîner une fille chez toi et que ton premier souci, c'est de t'en débarrasser ???*

– Ben…

– *Elle est moche, c'est ça ?*

– Pas du tout ! Elle est même plutôt canon, si tu veux savoir.

– *C'est la fille de l'autre fois ?*

– Non, une autre.

– *Jasper qui croule sous les plans. C'est sûr, on est entrés dans la quatrième dimension !*

– Bon, tu veux bien, oui ou non ?

– *OK, OK. Tu es sûr qu'elle est jolie ?*

– Jean-Lu…

– *Je serai chez toi à l'aube ! Ou bien tout de suite, si tu veux.*

– L'aube suffira. Ciao, vieux. Et… merci.

– *Faut bien que ça serve, les amis. Bonne nuit, Jasp ! Petit coquin, va.*

Encore ? Qu'est-ce qu'ils ont tous avec leur « petit coquin » ?

En tout cas, j'ai fait coup double: Jean-Lu croit que je me suis métamorphosé en tombeur de filles et il gardera Nina demain, ce qui me laissera les mains libres pour m'occuper d'Otchi.

Parfait! Il ne me reste plus qu'à faire un tour dans mon laboratoire pour remplir ma besace. Mais j'attendrai que ma mère soit partie – et Nina endormie.

Dernière épreuve: la tasse de thé en compagnie d'une fausse petite copine – qui m'en veut sûrement à mort – et d'une mère à l'humeur égrillarde. Youpi!

– En fait, ta mère est vachement sympa.

C'est Nina qui me dit ça, en se glissant sous les draps, juste à côté de moi, vêtue d'un pyjama déniché miraculeusement dans le fond d'une armoire. Un moi (halte aux fantasmes!) en maillot de corps et caleçon, enroulé dans un duvet, sur un matelas mousse...

Explication: impossible de laisser Nina seule dans une pièce, elle n'a rien voulu savoir! Sauf dans la salle de bains (le fameux esprit de contradiction féminin).

Résultat: je vais passer une nuit de merde dans un sac de couchage à la con.

– Sympa ? je réponds pour répondre.

– Moderne, aussi.

– Ouais. Elle a été hippie dans sa jeunesse.

– Au début, j'étais un peu gênée, et puis j'ai trouvé mes marques.

– Qu'est-ce qui t'a pris de lui dire qu'on s'était rencontrés dans une soirée sur le thème des vampires ?

– Ça m'est venu sans réfléchir. Et puis c'est la vérité, non ?

– Oui, je reconnais en bougonnant. Tu as parfaitement manœuvré : tu lui plais.

– C'est vrai ?

– Crois-moi. Ma mère ne s'apprivoise pas facilement. Une heure de plus et tu avais droit à ton avenir dans les cartes de tarot !

– Je te plais aussi, Jasper ?

La voix de Nina s'est subitement rapprochée. Je me rends compte que son visage n'est plus qu'à dix centimètres du mien.

– Je… Comment ça ?

Mon timbre éraillé la fait pouffer.

– Moi je te trouve super craquant, avoue-t-elle sans une hésitation.

Je cherche quelque chose à dire pour désamorcer une situation qui est en train de m'échapper, quand ses lèvres effleurent les miennes.

Elle m'embrasse.

Elle m'embrasse !

Je me raidis (mon corps tout entier…).

Je ne sais pas comment je trouve la présence d'esprit de répondre à son baiser. Je suis pris de vertige.

Elle m'embrasse. Sa langue caresse la mienne.

J'y crois pas ! Ses cheveux me chatouillent le cou.

Elle m'embrasse…

– C'est pour m'avoir sauvé la vie, me souffle-t-elle en touchant ma joue avec des doigts qui tremblent légèrement. Mon chevalier !

Puis elle s'enroule dans la couette comme un sushi et vient me rejoindre sur le sol.

Elle se blottit contre moi et murmure encore, presque assoupie :

– Jasper…

J'hésite entre hurler et m'évanouir. Je me contente moins théâtralement de la prendre dans mes bras, doucement, sans la réveiller.

C'est la troisième fille que j'enlace.

La première, sous son arbre, était la dernière des romantiques cachée sous un pelage de trolle ; la deuxième, sur sa moto, une sœur dissimulée derrière un masque de femme fatale ; la dernière, dans ma chambre, une fille pas toujours sage déguisée en collègue de boulot.

– Jasper ?

– Oui Nina ?

– Tu t'en vas pas, hein ? Tu restes là… Tu me protèges…

– Dors, je suis là. Tu ne risques rien.

Elle se serre encore, m'offre le parfum de ses cheveux.

Finalement, la nuit ne s'annonce pas si inconfortable que ça.

# Post-it

*Nommer une chose, c'est avoir du pouvoir sur elle.*

# Épilogue

**13, rue du Horla – Deuxième étage / Bureaux de l'Association**

– Allô ?

– Mademoiselle Rose… Je suis désolé si je vous réveille. Je suis l'Agent auxiliaire Omega.

– Vous ne me réveillez pas vraiment. Je suis encore au bureau. Pour vous faire un aveu, je prenais un peu de repos dans un fauteuil ! Vous êtes l'un des deux hommes chargés d'enquêter sur la disparition du Sphinx, c'est cela ?

– Parfaitement.

– Si vous m'appelez à cette heure-ci, c'est que vous avez des nouvelles.

– Exactement.

– Enfin ! Je vous écoute.

– Elles… elles ne sont pas bonnes.

– Qu'est-ce que vous cherchez à me dire ? Ou plutôt à me taire ?

– On a retrouvé le Sphinx. Mort. Au fond d'une impasse. Sous des sacs-poubelle.

– …

– Son corps porte les marques de…

– Ça suffit !

– Je suis désolé. Il…

– Taisez-vous ! Je ne veux rien entendre ! Je… Restez près de lui. J'arrive.

– Très bien, mademoiselle.

**13, rue du Horla – Troisième étage / Club philatéliste / Appartement de mademoiselle Rose**

– Sorcière ! Mais tu… tu pleures ! C'est la première fois que je te vois pleurer. C'est Walter, c'est ça ? Ou bien Nina ? Jules ? Jasper ?

– C'est le Sphinx, démon ! Le Sphinx ! Des Agents auxiliaires l'ont retrouvé, gisant sans vie dans une ruelle sordide…

– Le Sphinx… mort ?

– Et Walter qui n'est pas là ! Le seul avec qui j'aurais pu partager mon chagrin ! Walter, que je ne peux même pas prévenir…

– Étonnant.

– Moi aussi, démon, je ne voulais pas le croire. Même en face du corps, j'ai espéré. Un canular, j'ai prié pour que ce soit un sinistre canular. Mais il a bien fallu me rendre à l'évidence : le Sphinx était étendu sur le trottoir, salement amoché.

– Des traces de combat ?

– Aucune. Il aurait réduit en charpie n'importe quel agresseur ! Je me souviens de l'avoir vu tenir tête à un troll. Et l'emporter sur deux loups-garous déchaînés ! Non, les marques qu'il porte indiquent clairement qu'il a été foudroyé par un charme puissant.

– La magie n'était pas son point fort.

– Mais ses agresseurs ont commis une erreur ! La sortie de secours d'une agence bancaire donne dans l'impasse. Il y a une caméra de surveillance. L'Agent auxiliaire Omega est en train de récupérer les bandes des dernières vingt-quatre heures… D'ailleurs, je me demande ce que je fais encore là. Je devrais être en bas, à l'attendre.

– Tu viendras me dire, hein ? Hein, sorcière ? Tu viendras ?

– Peut-être.

– Eh bien, tu en as mis du temps ! Quelles nouvelles ? À voir ta tête, elles ne sont pas terribles.

– L'assassin ignorait l'existence de la caméra qui a filmé la scène. C'est bien un sortilège qui a terrassé le

Sphinx. Qui l'a frappé dans le dos, quelques heures à peine après son retour à Paris.

– Comment ça s'est passé ?

– D'après les images, le Sphinx a été attiré dans l'impasse par les pleurs d'une femme. On la devine contre un mur. L'assassin s'est glissé derrière lui et l'a foudroyé. Lâchement. Avec un sort d'une puissance terrifiante dont l'énergie, par contrecoup, a déréglé la caméra pendant plusieurs minutes. Ensuite, quand les images reviennent, les lieux ont retrouvé leur immobilité. La femme a disparu ; l'assassin aussi, après avoir traîné le Sphinx derrière les poubelles.

– Les poubelles. Beurk ! Et l'agresseur ? Il apparaît sur la vidéo ?

– Je me suis repassé plusieurs fois la bande et j'ai découvert un plan très bref sur lequel on aperçoit l'assassin de dos.

– Tu trembles, sorcière.

– J'ai agrandi cette image. On distingue nettement un jeune homme longiligne, vêtu d'un manteau noir, portant une sacoche noire. Ses cheveux, mal coiffés, sont tout aussi noirs. Sa main, celle qui lance le sortilège contre le Sphinx, est blanche et fine. C'est le portrait craché de… Jasper !

– Jasper ? L'Agent stagiaire ?

– Oui, Jasper. Ce Jasper. Bien sûr, une image ne constitue pas une preuve irréfutable, surtout de dos.

Mais qui, en ville, ressemble de façon troublante à l'assassin du Sphinx? Qui maîtrise les arcanes de façon redoutable? Qui a été la cible de la MAD, chargée de traquer les serviteurs des démons? Et qui refuse de répondre à mes appels ? À part Jasper, je ne vois personne d'autre!

– Jasper a été la cible de la milice? Sorcière, tu ne me l'as jamais dit!

– Je te dis ce que j'ai envie de te dire, démon.

– Qu'est-ce que tu as prévu de faire?

– J'ai envoyé une équipe pour le cueillir chez lui, s'il a commis l'erreur de s'y réfugier. Je veux des réponses! Et Jasper est la seule piste dont je dispose.

– Tu sembles vraiment choquée, sorcière. Décidément, cette journée n'aura pas été comme les autres!

– J'espère de tout mon cœur que Jasper n'est pas un Agent double. Pas un de tes amis, pas une recrue du camp démoniaque. Et surtout, pas le meurtrier du Sphinx.

– Tu me fais presque peur.

– Il existe sous l'armurerie un ultime étage réservé à un terrible usage. Un endroit où l'on entre à deux et d'où je ressors toujours seule.

– J'ai beau n'avoir aucune consistance, sorcière, tes paroles me glacent. Je n'aimerais vraiment pas être à la place de Jasper...

**Découvrez un extrait de la suite des aventures de Jasper, à paraître en février 2012 :**

## Car nos cœurs sont hantés

Erik L'Homme

Je sors les viennoiseries et les enveloppe dans une serviette en papier.

– Tu n'as pas fait de chocolat chaud ? constate Nina avec une moue déçue en pénétrant dans la cuisine, serrée dans son jean moulant.

– On n'a pas le temps, je réponds sèchement. On mangera en route. Tu es prête ?

– Prête pour quoi ? demande-t-elle en secouant ses cheveux pour les sécher.

– Le copain dont je t'ai parlé n'est toujours pas arrivé, je soupire. Donc, soit tu l'attends ici, soit tu viens avec moi.

Elle se mord les lèvres.

– Tu pars à la poursuite du petit homme ?

J'acquiesce.

– Alors je t'accompagne, annonce-t-elle d'un ton décidé. Tu auras besoin d'aide.

– Tu es sûre ?

– Je suis un Agent, comme toi.

J'hésite entre l'inquiétude et le soulagement. Avoir Nina dans les pattes ne me ravit pas. Elle comprendra vite que mes pouvoirs sont d'essence magique et adieu l'article 6 (pour les cancres : « L'Agent ne révèle jamais ses talents particuliers. »).

D'un autre côté et en toute objectivité, on ne sera sans doute pas trop de deux pour affronter Otchi. Et en l'absence de Jean-Lu, je n'ai pas le choix.

*« Le travail en équipe, c'est pas mal, Jasper.*

*– C'est vrai. Mais toi et moi on forme déjà une équipe, Ombe.*

*– Sauf que, dans cette équipe, je ne suis pas très présente. Et puis, les trucs à trois, ça peut-être marrant ! »*

– Jasper ? Ça va ? J'ai eu l'impression que tu étais très loin, tout à coup. Et puis… tu es tout rouge !

– Ça va, je rassure Nina qui m'a pris la main et me regarde, les yeux grands ouverts (grands et verts…). Et toi, tu te sens comment ?

– Partante pour un peu d'action !

Ses lèvres tremblent légèrement. Je n'ajoute rien. Pour dire la vérité, sa réaction me touche.

Je ne peux pas m'empêcher de plonger dans ses yeux, encore. Ils sont immenses, ils ont la couleur des rivières quand le soleil joue avec l'eau. Vraiment magnifiques.

J'enfile mon manteau, passe ma sacoche autour du cou. Puis je m'approche d'elle et je l'embrasse, maladroitement. Elle semble étonnée mais répond à mon baiser.

– On y va ? je dis après m'être raclé la gorge pour dissimuler mon embarras.

– On y va.

J'ouvre la porte.

Nina pousse un hurlement et je retiens de justesse un cri de stupeur (mais pas les pains au chocolat qui en profitent pour tomber par terre).

Sur le palier, il y a quatre hommes.

Trois sont étendus sur le sol.

Le quatrième se tient debout, devant l'ascenseur ouvert, en état de choc.

– Jean-Lu ! je m'exclame en l'apercevant.

– Jasp ! Qu'est-ce que… Merde ! Qu'est-ce qui s'est passé ?

Nina regarde mon pote comme s'il était le responsable de la scène. Je me penche au-dessus des trois hommes inconscients et m'assure qu'ils respirent.

Le sortilège de protection apposé sur la porte n'est pas mortel.

Ces types sont des mercenaires employés par l'Association (les chapeaux mous et les lunettes noires sont des preuves flagrantes), les mêmes humains ordinaires que le chamane a assommés, hier, dans le métro.

Leurs armes indiquent clairement qu'ils étaient venus pour en découdre.

Je me sens pris de vertige.

Pourquoi l'Association aurait-elle envoyé des mercenaires chez moi ? Il suffisait de me convoquer et je rappliquais dans l'heure, sans poser de questions.

*À suivre…*

# A comme Association

**L'aventure continue !**

*déjà parus*

1. La pâle lumière des ténèbres

Erik L'Homme

2. Les limites obscures de la magie

Pierre Bottero

3. L'étoffe fragile du monde

Erik L'Homme

4. Le subtil parfum du soufre

Pierre Bottero

5. Là où les mots n'existent pas

Erik L'Homme

*à paraître en février 2012*

7. Car nos cœurs sont hantés

Erik L'Homme